JN190799

プラテーロとぼく
フアン・ラモン・ヒメネス
宇野和美・訳　早川世詩男・絵
小学館世界J文学館セレクション

プラテーロとぼく

アンダルシアのエレジー

プラテーロとぼく●もくじ

スペイン全土

フランス
ガリシア
バルセロナ
カスティーリャ
マドリード
ポルトガル
ラマンチャ
アンダルシア
マラガ
プエルト
カディス
タリファ
ジブラルタル

モゲール周辺

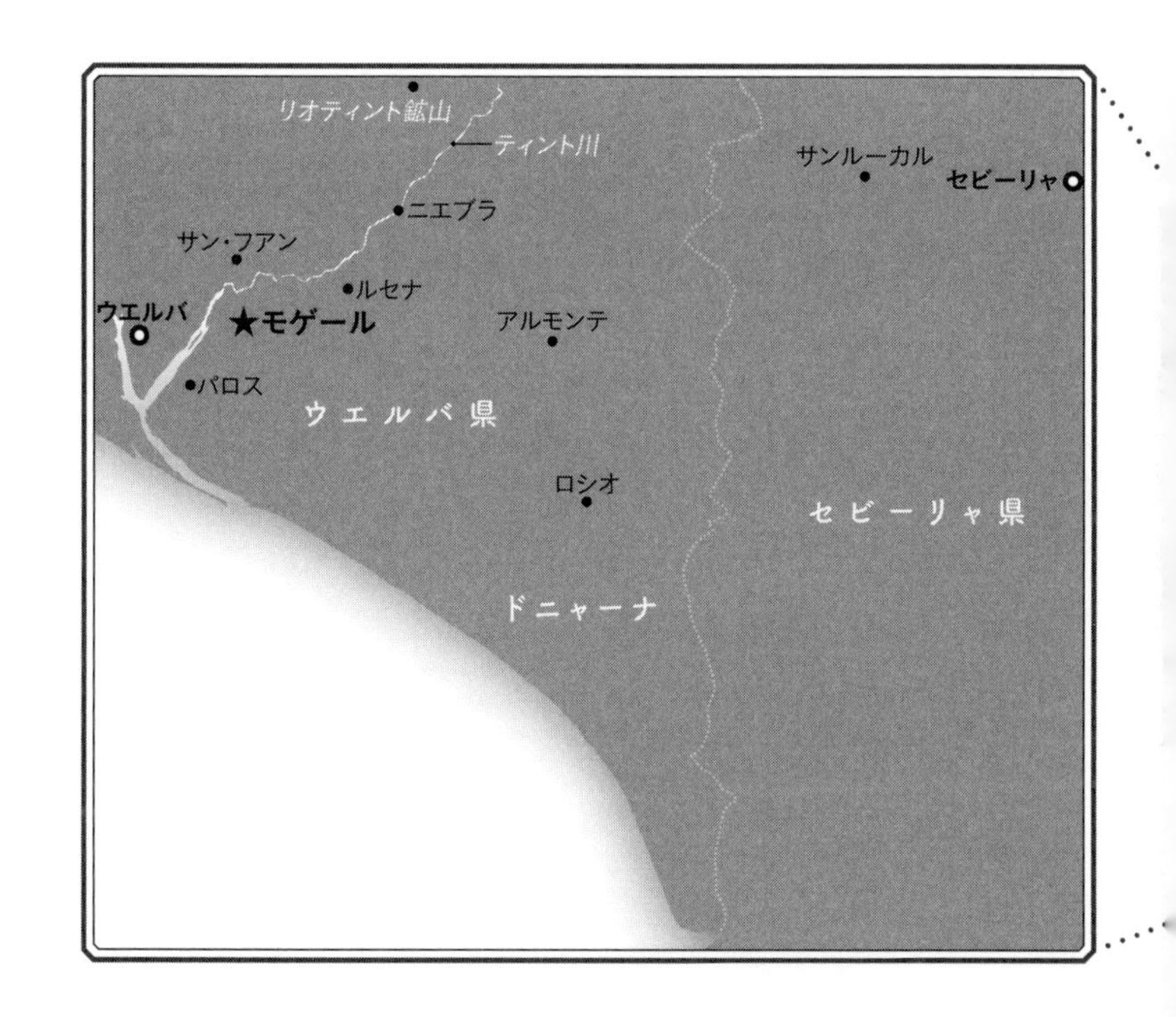

リオティント鉱山
ティント川
サンルーカル
セビーリャ
ニエブラ
サン・フアン
ルセナ
ウエルバ
★モゲール
アルモンテ
パロス
ウエルバ県
ロシオ
セビーリャ県
ドニャーナ

桑の実とカーネーションをわたしにとどけてくれた
頭のおかしいあわれな女
太陽通りのアゲディージャの思い出に

子どものためのこの本を読むおとなへの序文

　プラテーロの耳のように、喜びと痛みが双子になったこの短い本は、だれのために書かれたのか……、だれのためかなど知りはしない！　詩人はだれのために詩を書くのだろう。だが今、子ども向けに刊行されるにあたって、わたしは一字一句変えなかった。よろこばしいことだ！

「子どもがいるところにはどこにでも黄金時代が存在する」とノヴァーリス（＊1）はいった。天からおりてきた魂の島ともいうべきその黄金時代を、詩人の心は歩きまわる。そこにいると心がおどり、けっして立ち去りたくなくなる。

　幸福に満ちたすがすがしい恩寵の島、子どもたちの黄金時代よ！　苦悩の海であるこの人生のただなかで、いつでもきみを見つけられますように。そして、きみのそよ風がわたしに、夜明けの白い太陽の中でひびくヒバリのさえずりように、時として意味はなくとも崇高な竪琴をもたらしてくれますように。

詩人

一九一四年　マドリード

＊1　一七七二～一八〇二。ドイツの詩人・小説家

1 プラテーロ

プラテーロは小さくて、毛がふさふさで、つややかだ。外側はやわらかくて、骨(ほね)がなく、全部綿(わた)でできているといえそうなほど。ただ黒曜石(こくようせき)の瞳(ひとみ)の鏡は、黒水晶(くろずいしょう)の二匹(ひき)のカブトムシのようにかたい。

たづなをとくと野原にかけていき、なまあたたかい鼻面をすりよせんばかりにして、ピンクや空色や黄色の野の花をかわいがる。「プラテーロ？」と、やさしくよぶと、このうえなく美しい鈴(すず)の音をたてて、ほがらかな小走りでわらうようにかけてくる。

ぼくがやるものは、なんでも食べる。好物は、オレンジ、みかん、マスカット、それに、琥珀色(こはくいろ)のぶどうと、水晶(すいしょう)の蜜(みつ)をふくんだ赤むらさきのイチジク……。

男の子みたいに、女の子みたいに、プラテーロはあどけなくて甘(あま)えんぼうだ。けれども芯(しん)は石のように強く、しっかりしている。

日曜日に、プラテーロの背(せ)にのって村はずれの路地に入ると、こざっぱりとした身なりをしてのんびり道をいく農夫たちがじっと見つめる。

「鋼を持っとる……」

プラテーロは鋼を持っている。鋼と同時に、月の銀を。

2 白い蝶

むらさきにけむって宵闇がおりてくる。教会の塔のむこうに広がる空にはまだ、赤むらさきとみどりのほのかな明るさが残る。影とツリガネソウ、草のにおいと歌、疲労と家路へとはやる思いに満ちたのぼり坂。ふいに、帽子をかぶった黒い男が細い棒を手に、石炭袋の山にかくれた粗末な小屋から、ぼくたちの前に現れる。葉巻の火が一瞬、そのみにくい顔を赤く照らしだし、プラテーロがおびえる。

「何が入ってる?」

「どうぞ、見てください。……白い蝶ですよ」

男がプラテーロの背の鞍袋に鉄の棒をつきたてるのを、ぼくはだまって見ている。袋の口をあけても、男には何も見えない。架空の荷物はこうしてそのまま解放され、入市税(＊1)をはらわされることなく通りすぎる。

＊1 村の外から物を持ちこむとき、当時税金をとりたてられた。鉄の棒は穀物の袋などに刺して、中身を確かめるためのもの。

3 たそがれどきの遊び

村のたそがれどき、むらさきのうす闇に包まれて、プラテーロとぼくがふるえながら、ひあがった川に面した裏道に入ると、貧しい子どもたちが物ごいのふりをして、おどかしっこをして遊んでいる。頭に袋をかぶっている子、目が見えないという子、足をひきずるふりをする子……。

かと思うと、子どもらしい移り気でいきなり、王子さまやおひめさまになりきる。靴をはいて服を着ているし、母親がどうにか工面して食べる物をくれたから。

「おれの父ちゃんは、銀時計を持ってるぞ」

「あたしんちの父ちゃんは、馬を持ってるよ」

「うちの父ちゃんは、鉄砲を持ってるよ」

明け方に人をたたき起こす時計、飢えを殺してはくれない鉄砲、乗り手をどん底へと運ぶ馬……。

それから、みんなで輪になる。暗くなってきた路地で〈みどりの鳥〉(*1)のめいっこが、闇の中に一筋ひかれた水っぽいガラスのようなか細い声で、おひめさまきどりで節をつけて歌う。よその土地からきたその子の話し方は、ほかの子たちとちがっている。

わたくしはー
なきオレー伯爵の妻

……そう、そう！　歌ってごらん、夢見てごらん、貧しい子どもたちよ！　やがて思春期をむかえたなら、冬の仮面をかぶった春が、物ごいのようにきみたちをおどかすだろうから……。

「行こう、プラテーロ……」

＊1　村人のあだ名。

4 日食

ぼくたちは思わずポケットに手をいれた。うっそうとした松林に入ったときに似（に）た、ひんやりした闇（やみ）のかすかなはばたきを額（ひたい）に感じる。めんどりたちは安全な階段（かいだん）にひきあげ、一段（だん）に一羽ずつうずくまっている。野原のみどりは、教会の主祭壇（しゅさいだん）にかかるむらさきのうす衣をかぶせられたかのようにかげった。白く、遠い海が見え、星がひとつ、ふたつ、青白く光った。屋上（アソテア）の白が、みるみる色合いを変えていく！　屋上（アソテア）にのぼったぼくたちは、日食がもたらした静寂（せいじゃく）のなか、ちっぽけな黒い影（かげ）になって、気のきいた言葉やそうでもない言葉を口々にさけんでいる。

ぼくたちは、オペラグラスや遠めがね、びんや煤（すす）をつけたガラスなど、ありとあらゆるものをかざして太陽を見ていた。見晴らし台や、裏庭（うらにわ）の階段（かいだん）、納屋（なや）の窓（まど）や、赤や青のガラスがはめこまれたパティオ（＊1）のフェンスの扉（とびら）の前など、あらゆる場所で……。

ふりそそぐ黄金の陽ざしで、ついさっきまですべてのものを二倍にも三倍にも百倍にも輝（かがや）かせていた太陽が、暮（く）れなずむたそがれもなくいきなり消え、すべてが孤独（こどく）でみすぼらしくなった。まるで金の硬貨が銀になり、さらに銅になったかのように。村は、なんの価値もない、黒ずんだ銅貨になった。通りも、広場も、塔も、丘につづく小道もなんとさびしく、なんとちっぽけになってしまったのだろう！

下の囲いにいるプラテーロは、にせもののロバのように見えた。いつもとちがう、切り紙細工の別のロバのように……。

＊1　スペインの建築で、建物に囲まれた中庭。

5 ふるえ

月がぼくたちについてくる。大きな、丸い、さえざえとした月が。眠たげな牧場のイバラのしげみのあいだに、黒いヤギだろうか、何かがいるのがぼんやりと見える……。ぼくたちがとおりかかると、だれかがすっと、ものかげに隠れる……。柵の上には、月明かりを受け、白々と花の咲いたアーモンドの巨木が一本、白いかすみのかかった樹冠をゆらして、星がちりばめられた三月の小道を見守っている……。あたりを満たすオレンジの香り……、湿り気と静寂……、魔女の小道……。

「プラテーロ……、寒いね！」

こわくなったのか、ぼくの恐怖が伝わったのか、プラテーロがかけだして小川に入り、月をこなごなに踏みくだく。たくさんのすきとおったガラスのバラが、プラテーロの脚にまとわりついてひきとめようとする……。

プラテーロは、何者かに追われるように、しりをすぼめて、早足で坂をかけあがる。近づいている村の、けっして届きそうにないかすかなぬくもりを感じながら……。

6 幼稚園

プラテーロ、ほかの子たちといっしょにきみが幼稚園に行ったなら、ＡＢＣをならって、字の縦棒を書いたりするだろうね。人形劇に出てきた、あのろう人形のロバ——人魚ひめの友だちのロバだ。造花のかんむりを頭にのせた人魚ひめは、みどりがかったガラスごしに見ると、肌が金色で全体がピンク色に見えた——みたいにものしりになるだろうな。パロスの医者や神父さまよりもずっとものしりにね、プラテーロ。

だけど、きみはまだ四歳なのに、図体が大きくて不器用だからね。どのいすにすわって、どの机で字を書くつもりだい？　どの練習帳やペンなら使える？　使徒信条のお祈り（＊1）をどこで唱えるのか、いってごらん？

いいや、だめだ。鯛売りのレイエスと同じく、ナザレのイエスのむらさき色の尼僧服に黄色いひもを結んだドミティーラ先生は、罰としてきみを二時間も、プラタナスの植わった校庭のすみでひざまずかせておくだろう。それとも、きみの前脚を長いアシのムチでうって、おやつに持っていったマルメロのゼリーをとりあげるかもしれないよ。それに、雨の降りだす前に家畜番の息子の耳がなるみたいに、きみの耳が熱さでまっ赤になるまで、しっぽの下に火のついた紙をおくだろう。

いいや、だめだ、プラテーロ。きみはぼくとおいで。花や星のことならぼくが教えてあげるよ。そうしたら、のろまな子みたいに、わらいものにされないよ。ロバよばわりされる子どものように、おかしなかぶりものをかぶせられることもないだろう。川をいく船の窓みたいに、藍色と朱色で目のまわりがふちどられていて、きみの耳の二倍もある耳がついているかぶりものをね。

＊1　キリスト教の基本の祈りのひとつ。当時、学校では宗教教育が行われていた。

7　頭のおかしい人

キリストのようなひげをはやして、つばの細い黒い帽子をかぶり、黒ずくめの服を着て、プラテーロの灰色のやわらかい背にのるぼくは、奇妙に見えるにちがいない。

ぶどう畑に行く途中で、まっ白いかべがまぶしい村はずれの道にさしかかると、みどりや赤や黄色のみすぼらしい服から浅黒いおなかをのぞかせて、あかまみれのぼさぼさ頭をしたヒターノ（＊1）の子どもたちが、はやしたてながら追いかけてくる。

「エル・ロコ！　エル・ロコ！　エル・ロコ！（＊2）」

……前には、一面みどりの野原がある。もえあがる群青色のすみわたる広大な空にむかって、ぼくの目は――耳とはうらはらに！――気高く開かれ、なんともいえない平穏さと、地平線のかなたに息づく調和のとれた神々しいおちつきを、心静かに受けとめる……。

やがて、子どもたちの甲高い声は、上の畑のかなたに遠ざかり、うすいベールがかかってとぎれとぎれになり、かすれて、退屈なものになる。

「エル・ロ……コ！　エル・ロ……コ！」

＊1　スペイン語で「ジプシー」。「ロマ民族」のこと。
＊2　「エル・ロコ」はスペイン語で、頭のおかしい人の意味。

8 ユダ

おいおい、こわがるんじゃないよ。どうしたんだい？　さあ、おちついて……。ユダを殺している（＊1）んじゃないか、おばかさん。

そう、ユダを殺しているのさ。モントゥリオ通りに一つ、中央通りに一つ、ポソ・デ・コンセホ通りに一つ、ユダのわら人形がぶらさがっていただろう。超自然の力にささえられているみたいに、宙にういているのをゆうべ見たよ。屋根裏部屋からベランダにわたしてある糸が、暗いと見えないからね。静かな星空の下、古い山高帽や婦人服のそで、大臣の顔のお面や安物の宝石を寄せ集めてつくられた人形は、なんと不気味なことか！　犬はさかんにほえかかり、馬はおびえて人形の下を通りたがらなかった……。

プラテーロ、主祭壇の幕が裂けた（＊2）ことを今、鐘が告げているよ。村じゅうの鉄砲が、ユダにむかって発射されているにちがいない。ここまで火薬のにおいがただよってくる。もう一発！　さらに一発！

だけどね、プラテーロ、今のユダは、代議員や教師、法廷医や税金をとりたてる役人、村長や産婆だ。聖土曜日の朝、男たちはみな子どもにもどり、顔だちのはっきりしないまのぬけた春のわら人形を憎らしい相手に見立てて、臆病な鉄砲を撃つんだ。

＊1　ユダは、キリストの十二使徒の一人で、キリストを裏切り、死に至らしめた。当時モゲールでは、キリスト教の復活祭前日である聖土曜日にユダの人形をつるして鉄砲で撃ち、焼きすてる習慣があった。

＊2　「主祭壇の幕が裂ける」は、キリストの死を意味する。

9　イチジク

イチジクにはもってこいの、朝もやにけむる、ひんやりとした夜明け、六時になると、ぼくたちは〈みのり農場〉にイチジクを食べに出かけた。

樹齢百年のりっぱなイチジクの木々の下で、まだ夜がまどろんでいる。涼しい影のもとで灰色の幹が、スカートの下のむっちりとしたふとももののようにからみあっている。アダムとイブ（＊1）が身につけた大きな葉は、朝露の真珠をのせた薄衣をまとって、みどりをくすませている。そのエメラルドの罪深い葉のあいだから、あけぼのが、東の空の無色のベールを刻一刻とバラ色にそめていくのが見える。

……イチジクの木にいちばんのりしようと、ぼくたちは無我夢中で走っていく。ロシージョが、笑いとはげしい鼓動で息をつまらせながら、ぼくと同時にイチジクの葉をつかんだ。さわってみて。そういってぼくの手をつかみ、自分の心臓のところ、とらえられた小さな波のように上下する幼い胸にあてさせる。小さくてぽっちゃりしたアデラはとりのこされて、遠くでぷんぷんおこっている。ぼくはプラテーロがたいくつしないよう、よく熟した実をいくつかもいで、古い切り株のこしかけにのせてやった。

攻撃をはじめたのは、自分の足ののろさに腹をたてていたアデラだった。口元に笑みをうかべ、目になみだをたたえて投げつけたイチジクが、ぼくの額ではじけた。ロシージョとぼくもやりかえし、ぼくたちはこれまでに口で食べたことがないほどたくさんのイチジクを、目と鼻と袖と首で食べた。ねらいがはずれるたびに、夜明けのすがすがしいぶどう畑に甲高い歓声がひびく。プラテーロにもひとつ命中した。プラテーロもみだれとぶイチジクの的になったのだ。かわいそうに、プラテーロは身を守るすべも応戦するすべもないので、ぼくが味方についてやった。やわらかい青い雨がすんだ空気を切りさき、弾丸のように四方八方にとびかう。

へとへとになって地面に倒れこんだ二つの笑い声が、二人が降参したことを告げた。

＊1　旧約聖書に出てくる神の創造した最初の男女。罪をおかして楽園から追放された。

10 アンジェラスの祈(いの)り！（＊1）

見て、プラテーロ、そこらじゅうにバラがふっているよ。青やピンク、白や色のないバラが……。空がくずれてバラになったみたいだ。ぼくの額(ひたい)も肩(かた)も手も、バラでいっぱいだ……。こんなにたくさんのバラをどうしようか？

このやさしい花がどこから来たか、知ってるかい？　ぼくもわからないけれど、ひざまずいて受胎告知(じゅたいこくち)（＊2）を受ける聖母(せいぼ)を描(えが)いたフラ・アンジェリコ（＊3）の絵のように、この花は日々、景色をうるおし、ピンクと白と空色に彩(いろど)る。もっとバラを、もっともっとたくさんのバラを。

天国の七つの回廊(かいろう)から、バラは地上にはなたれているのだろう。ほんのり紅(べに)のさしたバラが、あたたかい雪のようにふりつもって、塔(とう)や屋根や木の上にのっている。ごらん、バラで飾(かざ)られると、たくましいものもすべて、なんと繊細(せんさい)になるのだろう。もっとバラを、もっともっとたくさんのバラを……。

プラテーロ、アンジェラスの鐘(かね)が鳴るあいだ、ぼくたちの人生はふだんの力を失うようだ。そして、内からわきあがる、もっと気高く、もっと純粋で、もっと確かな力が、めぐみの噴水のように、すべてをバラのあいだで輝く星々までのぼらせる……。もっとバラを……。プラテーロ、きみには見えないだろうが、おだやかに空を見あげるきみの瞳は、二輪の美しいバラの花だよ。

＊1　三月二十五日、受胎告知の日の朝、昼、晩に唱える祈り。
＊2　キリスト教で、マリアがキリストを宿したことを告げられたこと。
＊3　一四〇〇ごろ～一四五五。イタリアのルネサンス期の画家。

11 家畜墓場

プラテーロ、きみがぼくより先に死んだとしてもね、ほかのあわれなロバや、だれにも愛されない馬や犬みたいに、役人の先導する荷車にのせて、海辺のだだっぴろい湿地や山の崖下に運ぶことはないからね。カラスに肉をえぐられて血だらけになったみにくい脇腹を、まっ赤な夕日にうかぶ難破船の竜骨のように、六時の汽車でサン・ファン駅にむかう行商人の目にさらさせはしないよ。秋の日曜日の午後、焼いて食べる松の実を拾おうと松林にやってきた子どもたちが、こわいもの見たさで崖下をのぞきこんだとき、どぶの腐った貝のあいだで、ぶくぶくに膨らんでかたくなったむくろを見せてぎょっとさせることもない。

安心おし、プラテーロ、ぼくはきみを、きみの大すきな松かさ農園の、大きく枝を広げた松の根方に埋めてやるから。ほがらかでおだやかな命のかたわらに。きみのそばで子どもたちがはしゃぎ、低いいすにすわって女の子たちが縫い物をするだろう。きみは、孤独がぼくにもたらした詩を知り、オレンジ畑で洗濯をする娘たちの歌声を聞くだろうし、水車の音がとこしえの眠りのすずやかな喜びとなるだろう。そして、一年じゅう青々としたこずえにとまったゴシキヒワやマヒワやアオカワラヒワが、きみの安らかな眠りとモゲールのはてしない青空のあいだに、つかのま、音楽の天井をかけるだろう。

12
とげ

馬牧場に入ったところで、プラテーロが足をひきずりはじめた。ぼくは地面にかがみこんだ。

「おいおい、どうしたんだ？」

右の前脚を少しあげていたプラテーロは、重みや力がかからないように、足の裏が焼けた砂にふれないようにしてひづめを見せてくれた。

獣医のダルボン老先生よりも、もっと心をこめてたのみこんで前脚を曲げさせると、ひづめの裏側がまっ赤になっている。オレンジの若木の長いみどりのとげが、エメラルドの丸い短剣のようにつきささっていた。プラテーロの痛みを思って、ぼくは身ぶるいをしてそのとげを引きぬいた。そして、あわれなプラテーロを、黄色いリリオの花の咲く小川に連れていった。流れる水が、清らかな長い舌で傷口をなめてくれるように。

それから、ぼくが前、プラテーロが後ろになって、そのまま白い海まで歩いていった。プラテーロはまだひょこひょこ足をかばいながら、前をいくぼくの背中にそっと頭をぶつけてきた……。

13 ツバメ

プラテーロ、黒くて小さなすばしっこいやつらが、もうそこにいるよ。モンテマジョールの聖母（せいぼ）(*1)の絵の上にある、いつもそっと見守ってきた灰色（はいいろ）の巣の中に。気の毒に聖母（せいぼ）は、さぞかしおどろいていることだろうね。だが、かわいそうに、今回ツバメたちはしくじったようだ。先週、日食で日がかげったとき、めんどりたちがねぐらにうずくまったみたいに。今年の春、ツバメたちははりきって早くに起きだしたのはいいが、ぶるぶる震（ふる）えながら、やわらかな体を三月のうすら寒い巣にもぐりこませるはめになった。オレンジ畑に今年はじめてついたバラのつぼみも、見るもあわれに立ち枯（が）れているよ。

プラテーロ、ツバメたちはそこにいるのに声もたてない。いつもの年と同じく、やってきた日にはさかんにおしゃべりをして、みんなに挨拶（あいさつ）をし、ものめずらしそうにそこらじゅうを見てまわっていたのにね。アフリカで見たもののこと、船の帆（ほ）や索具（さくぐ）で時に羽を休めながら海をわたる二度の旅のこと、遠い土地の日暮（ひぐ）れのこと、朝焼けのこと、星の輝（かがや）く夜のことを、花たちに語っていたのに。

ツバメたちはとほうにくれているよ。子どもに踏みつぶされたアリの行列みたいに、とまどいながら無言で飛んでいる。おしまいをくるりと丸めた直線を描いて、新道通りを行ったり来たりすることも、井戸の中の巣におさまることも、春のおとずれを告げるむかしながらの絵のように、北風がゆらす電線の白い碍子にとまることもできずに。プラテーロ、こう寒いと、ツバメたちは死んでしまうよ！

＊1　モンテマジョールはモゲールの南の地区で、小教会がある。その小教会の聖母の絵の額がかかっていたのだろう。

14 馬小屋

真昼どき、プラテーロのところにいくと、十二時のすきとおった陽ざしをうけて、プラテーロのやわらかな銀の背中が金色をおびて輝いている。プラテーロのおなかの下、みどりがかった薄暗い床には、すべてをエメラルドにそめて、古い屋根が光のコインをばらまいている。

プラテーロの足元に寝そべっていた犬のディアナが、踊るような足どりでかけよってきて胸までよじのぼり、ぼくの口元をなめようとしきりにピンク色の舌をのばす。いちばん高い場所にのぼっていためすヤギは、女らしく上品に小首をかしげて、めずらしそうにこちらを見おろす。ぼくがまだ馬小屋に入らないうちから高らかにいなないてあいさつをしていたプラテーロはといえば、陽気に、でも強情に、つないだ綱をひきちぎろうとする。

天頂の虹色の宝物をもたらす天窓から、ぼくは陽ざしとともに、一瞬空へとのぼっていく。そして、岩の上から野山を見わたす。

花咲く眠たげなまぶしい光の中にみどりの景色がうかび、くずれかけた塀に囲まれたすみわたった青の中で、甘くものうげに鐘の音がひびく。

15 去勢された子馬

子馬は黒く、カブトムシやカラスの羽のように、赤やみどりや青みをおびた玉虫色に黒光りしていた。ときおり、そのいきいきとした目の中で、侯爵広場の焼き栗売りのラモーナの鍋のように炎がめらめらと燃えあがる。フリセタ通りの砂地から新道通りの石畳に入ると、小刻みな早足のひづめの音を勝ちほこったようにひびかせた。頭は小さく、脚はほっそりし、なんと敏捷で、なんと神経質で、なんと利発だったことか！

城山地区のまっ赤な太陽を背に、黒い子馬は自分よりももっと黒々とした、ワイン醸造所の低い扉を、はずむようにさっそうと通りぬけた。それから、敷居がわりの松の丸太をとびこして裏庭に入ると、みどりの裏庭は喜びと、めんどりや鳩やスズメのにぎやかな鳴き声に包まれた。庭では、はでな色のシャツを着た四人の男たちが、毛深い腕を組んで子馬を待ちうけていた。男たちは子馬をコショウの木の下に連れていった。最初はいくらか愛情深く、しまいに力まかせに、荒っぽい短い格闘の末、男たちは子馬を糞の上に引きたおした。そして、四人して馬のりになり、獣医のダルボンがすべきことをやりとげた（＊

1)。こうして、子馬の魔法のような悲壮な美しさに終止符がうたれた。

使われなかったおまえの美しさは、おまえとともに墓にほうむられ

使われた美しさは、おまえの遺言として生きつづける

と、シェイクスピア(*2)は友人にいった。

……汗をにじませてくたびれはて、さびしい馬となった子馬を、男の一人が立たせ、毛布をかけて、のろのろと道をくだって連れ去った。

沈着でゆるぎない昨日の稲妻が、あわれ、はかない雲となった！　今はばらばらにほどけた本のようにたよりない。石畳と蹄鉄とのあいだにある新しい何かにひきはなされて、今や地面に足がついていない。春たけなわの暴力的な朝、根こそぎひき抜かれた木と同様、思い出のようにわけがわからなくなって。

*1　去勢しおえたということ。
*2　一五六四〜一六一六。イギリスの劇作家・詩人。

16 むかいの家

プラテーロ、ぼくが小さいころ、むかいの家はいつもなんと魅力にあふれていたことか。最初は川岸通りの水売りのアレブラさんの屋敷だ。南側には、太陽をうけていつでも金色にそまっている裏庭があって、そこの塀をよじのぼるとウエルバの町が見えた。いつか娘さんがちらっと中に入らせてくれたことがあった。当時からおとなの女性のようだったが、結婚した今もむかしと変わらないその娘さんが、そのとき苦いオレンジの実とキスをくれた……。つづいて、新道通りではセビーリャの菓子屋、ホセさんの家、その後カノバス通りでは、フアン・ペレス神父さまの家がむかいにあった。ホセさんは金色のなめし革のブーツをさっそうとはいていた。パティオのアオノリュウゼツランの鉢には卵の殻が並べてあって、玄関のドアは黄色いカナリア色で、マリンブルーの縁取りがしてあった。ときどきホセさんが、父さんにお金を渡しにうちに来ては、オリーブ畑の話をしていたよ……。

ぼくの家のバルコニーからながめると、ホセさんの家の屋根のむこうに、スズメがむらがったあわれなコショウの木が見えた。あの木は、おさないぼくにどれほどたくさんの夢を見せてくれたことだろう！　バルコニーから見える、風と陽ざしをいっぱいにうけたこずえとホセさんの家の裏庭から見える幹とがどうしても結びつかなくて、ぼくには二本のべつべつの木に見えた……。

静まりかえった通りのむかいに立つ家は、日によって、時刻によって少しずつ変わりながら、明るい陽ざしの午後や雨の昼寝どき、窓の面格子やバルコニーからながめるぼくの目をどれほどひきつけ、魅了したことか！

17 のろまな子ども

サン・ホセ通りを帰ってくると、のろまな男の子がいつも戸口の前で小さないすに腰かけ、行き交う人をながめていた。言葉を話すこともできなければ、愛らしくもない、あわれな子だった。本人はほがらかなのに、見ていると悲しくなる。母親にとって、その子はこの世のすべてだったが、ほかの者にとっては、いないも同然だった。

白い道を黒い不吉な風が吹きぬけた日、その子は戸口にいなかった。ひっそりとした玄関で一羽の鳥が歌っていて、ぼくはクロス（＊1）の詩を思い出した。息子を失ったとき、クロスは詩人というより父親として、ガリシアの蝶に息子のことを問いかけた。

金色の羽の蝶よ……

春がおとずれた今、ぼくは、サン・ホセ通りから天国に召されたのろまな子どものことを思っている。今ごろあの子は、このうえなく美しいバラのかたわらで小さないすにすわ

り、至福を得た者たちが金色に輝いて通りすぎるのを、大きく目を見開いてながめている
だろうか。

＊1　マヌエル・クロス＝エンリケス。一八五一～一九〇八。スペインのガリシア地方の詩人。

18 幽霊

泉からわきだす水のように、次から次に楽しいことを思いつく、元気ではつらつとした女の子、〈バター〉のアニージャのいちばんの楽しみは、幽霊にばけることだった。夕食のあと、居間でぼくたちがうとうとしていると、全身シーツにくるまって、白ユリのようにきれいな顔に小麦粉をはたき、歯にニンニクを刺したアニージャが、ランプを手に、無言で堂々と大理石の階段から現れたものだった。まるで体がそのまま長い衣になったかのようないでたちで、漆黒の闇の中からぬっと現れたその姿は不気味でおそろしかったが、その白さはひどくなまめかしく、見る者を魅了した。

プラテーロ、あの九月の晩のことは今も忘れないよ。一時間前から嵐が、邪悪な心のように村の上で脈うち、これでもかといわんばかりに稲妻が光り、雷が鳴り、雨と雹が地面をたたきつけていた。天水だめ（＊1）はとっくにあふれて、パティオは水びたしだった。九時の乗合馬車、晩鐘、郵便配達の音など、夜の最後の物音もとっくにとだえていた。水を飲もうと、ふるえながらぼくが食堂におりていくと、みどりがかった白い稲光のなか、ベラルデ家のユーカリの木――おばけの木とぼくたちがよんでいたその木は、その夜倒れた――の折れた枝が、物置の屋根に倒れかかっているのが見えた。

突然、目のくらむ閃光の影のような轟音がバリバリと耳をつんざき、家がぐらぐらゆれた。我にかえったとき、ぼくたちはみんな、前とはちがう場所にいて、だれもがひとりきりになったかのように、まわりのことが目に入らなくなっていた。頭が痛い、目が痛い、心臓が、とぼやく者……。ぼくたちはだんだんともといた場所にもどっていった。

嵐が去っていった……。巨大な雲の切れ間から月がのぞき、パティオにあふれた水を白く照らしだした。ぼくたちは家じゅうを見ていった。犬のロールがどうかしたかのようにほえたて、裏庭と階段のあいだを行ったり来たりしている。ぼくたちはそちらに行ってみた……。するとね、プラテーロ、ぬれて、むっと香りたつ夜の花の根元で、かわいそうに、アニージャが幽霊のかっこうのままで死んでいたのだよ。雷で焼け焦げた黒い手に、まだ火がともっているランプをにぎりしめて。

＊1　雨水をためておく水槽。

19 紅色の景色

丘の上。そこでは、むらさきにそまった夕暮れが、みずからがはなつ水晶に傷ついて、そこらじゅうから血を流している。そのきらめきに、みどりの松林はかすかに赤らみ、くすんでいる。夕陽に照らされた、すきとおった小さな草花は、しっとりとした芳しい強い香りで静かなひとときを満たす。

ぼくはたそがれのなか、うっとりたたずむ。プラテーロは、黒いその瞳を入り日の紅色にそめ、真紅やバラ色やすみれ色の水たまりにゆるゆると近づく。おもむろに水鏡に口を沈めると、そのとたん、鏡が液体にかわる。そして、血のようにどす黒い水が、太いのどをごくごくと通ってゆく。

見なれた風景が、このひとときかき乱され、見たことのない雄大な廃墟のようになる。うちすてられた宮殿が刻一刻と現れてくるというべきか……。ひとりでに夕べはひきのばされ、時間は永遠をおびて果てしなく、平穏ではかりしれない……。

「さあ、行こうか、プラテーロ……」

20
オウム

友だちであるフランス人の医者の畑で、プラテーロとオウムと遊んでいたら、とり乱した若い女性が、あわただしく坂をおりてきた。まだ遠くにいるうちから、不安そうな暗い目ですがるようにこちらを見てたずねる。

「すみません、お医者さんちはここかね？」

女性のあとから、うすよごれた子どもたちがついてきていて、息をきらしながら、しきりに坂の上を見あげている。そこでようやく、数人の男たちが、ぐったりと血の気のない男をかかえているのが目にはいった。ドニャーナの私有地でこっそり鹿を狩る密猟者たちだ。麻紐でぶらさげたちゃちな猟銃が暴発して、腕に弾を受けたのだった。

医者は、けが人のところにかけつけ、かぶせてあった粗布をはがして、血を洗いながし、骨や筋肉に触れていった。

ときおりぼくに「なんてことないさ」と、いいながら。

日が暮れてきた。ウエルバのほうから湿地とタールと魚のにおいがただよってくる……。

バラ色の夕焼けに、オレンジの木の、ビロードのようなエメラルド色の葉むらの輪郭が丸くうきあがっている。薄むらさきとみどりのライラックのこずえで、みどりと赤のオウムが、まんまるい目をきょろきょろさせて行ったり来たりしている。

猟師は、わきあがるなみだを夕日に光らせて、ときどき押し殺したうめき声をもらす。

そしてオウムは、

「なんてことないさ……」

医者は傷に綿をあて、包帯を巻く。

気の毒な猟師は、

「あうっ！」

ライラックの木の上でオウムは、

「なんてことないさ……。なんてことないさ」

21 屋上

プラテーロ、きみは屋上にのぼったことがないよね。暗い木の階段をのぼって外に出たとき、どれほど深い呼吸が胸を広げるか、知らないだろう。日ざかりの太陽に焼かれ、空のすぐとなりにいるように青に包まれ、石灰の白さに目がくらむ。知ってるかい？　雲から落ちてくる水がきれいなまま天水だめに流れこむように、屋上の床のれんがには石灰が塗ってあるんだ。

屋上はなんと魅力にあふれていることか！　塔の鐘がぼくたちの胸のところ、強く鼓動をうつ心臓と同じ高さで鳴っている。遠いぶどう畑で、陽ざしをうけて鍬がきらりと銀色に光る。何もかも見わたせる。よその家の屋上、裏庭。いす職人、ペンキ屋、樽職人など、忘れられた人びとが、それぞれ仕事にはげんでいる。牛やヤギがいる、広い裏庭の木立のみどり。人知れず葬られるだれかの黒いちっぽけな葬列が、肩をよせあってたどりつく墓地。しどけない寝巻き姿で、歌をうたいながら髪をすいている娘のいる窓辺。納屋では、孤独な音楽家がコルネットを練習しているか、激しい恋がもえあがっている……。

家は地下にもぐったかのように姿を消す。パティオのガラス天井ごしに見おろすと、その下でくり広げられる普段のくらしがなんと奇妙に見えることか！ 言葉も、物音も、あれほど美しい花壇も、ぼくのことを見もせずに水を飲むか、おばかさんのようにスズメや亀とたわむれているきみもだよ、プラテーロ。

22 帰り道

ぼくたちはそろって、野山からもどってきた。プラテーロは花ハッカを背に積んで、ぼくは黄色いリリオの花をかかえて。

四月の日が暮れてゆく。西の空全体が金のガラスになり、次に銀のガラス、さらに、つややかにきらめく、ガラスの白ユリになった。そして、広大な空は、すきとおったサファイアになり、エメラルドに変わった。ぼくはさびしくなる……。

坂道から、てっぺんの飾りタイルがまばゆく光る村の塔が、純粋な時の中に堂々とそびえているのが見える。近づくと、まるで遠くからながめたヒラルダの塔（＊1）のようだ。春のせいで都会へのなつかしさにかられていたぼくは、うれいをおびたなぐさめを見いだした。

帰るといっても、どこへ……？　何から？　なんのために……？　けれども、ぼくがかかえたリリオの花は、ひんやりとした闇の中でますますにおいたつ。見えない花の放つ、ほのかな、まぎれもない香り。孤独の影の中で身も心も花の香によいしれる。

「かわいい人、影の中のリリオよ」と、ぼくは口ずさむ。そしてふいに、プラテーロを思った。ぼくの下にいるのに、まるで体の一部であるかのように忘れられていたプラテーロのことを。

＊1　セビーリャのシンボルである塔。

23　閉ざされた鉄の扉

ディエスモのワイン醸造所に行くときはいつも、サン・アントニオ通りを塀にそってぐるりとまわり、野原に面した、閉ざされた鉄柵の扉のところに出たものだ。ちらりとでも何かが見えやしないかと、扉に顔を押しつけて左右に目をやる。扉のすぐむこうには、イラクサとアオイがおいしげり、そこからおりていく小道はアングスティアス橋のあたりで見えなくなる。その下には、ぼくが通ったことのない、広く低い道がある。

鉄柵の額ぶちは、いつもの見慣れた空や風景になんと美しく魔法をかけることか。空想の屋根と壁に景色が切りとられるかのようだ……。橋がかかり、煙るようなポプラが並ぶ街道が見え、れんがを焼くかまど、パロスの丘、ウエルバの蒸気、夜になればティント川の埠頭の明かり、夕暮れの最後のむらさきの空を背にぽつんとそびえる、〈小川農場〉の大きなユーカリの木が見える。

ワイン醸造所の人たちは、あの鉄の扉には鍵がない、と笑いながらいっていた……。でたらめな空想だけれど、ぼくはあの扉のむこうに、見たこともない庭園、すばらしい野原び降りたら、その下は、プールがあり、その水はどこまでも深いところまで、つながっている。そして、そのプールに落ちたぼくを、ふわりと受け止めてくれるものがあると想像したものだった……。だから、かつて夢を信じて、大理石の階段の上から飛ぼうとしたときみたいに、ぼくは朝がくるたび、何千回もあの扉のところに行ってみた。望んだからか自然とか、わからないが、現実とまじりあったぼくの空想の世界が、扉のむこうに見つかると信じて。

24 司祭ドン・ホセ

プラテーロ、ほら、ホセ神父が聖人(せいじん)ぶって、甘(あま)ったるい口調で話しているよ。だけどほんとうにいつも天使のようなのは、神父さまのめすロバだ。

水兵風の半ズボンに、つば広の帽子(ぼうし)をかぶって畑にいたホセ神父が、オレンジを盗(ぬす)もうとした子どもたちを口ぎたなくののしり、石を投げて追いはらうのをきみもいつか見たことがあるだろう。金曜日になると、神父さまの家の使用人のバルタサールがかわいそうに、みすぼらしいほうきを売るか、貧乏(びんぼう)な人たちといっしょに死んだ金持ちに祈(いの)りをささげるために、サーカスの風船ほどもあるヘルニア（＊1）をひきずりながら町に出ていくのを、きみは何千回も見てきたよね。

あれほどひどく人に悪態(あくたい)をつき、天を冒瀆(ぼうとく)する言葉をはく人は見たことがない。物事がどうあるべきか、ホセ神父がわかっているのはまちがいない。少なくとも五時のミサではそういっている……。だけど、木や大地や水や風やろうそくなど、これほどすばらしく、これほどやさしく、新鮮(しんせん)で純粋(じゅんすい)で生き生きとしているものが、ホセ神父にとっては無秩序(むちつじょ)

や困難、冷酷さや暴力や破壊の見本なのだよ。ホセ神父の畑の石が夜になると朝とちがう場所にあるのは、神父さまが憎しみをこめて小鳥や子どもや花に投げつけるからだ。

　なのに、お祈りのときは、がらっと人が変わる。ホセ神父の沈黙は、畑にまでとどく。そして、僧服に長いマントを着て司祭の帽子をかぶり、めすロバにのってのろのろと、死にむかうキリストのように、何にも目もくれずに暗い村に入っていく……。

＊1　腸の一部が腸壁からはみだして、こぶのようになったもの。

25
春

ああ、なんというまぶしさ、なんという香り！
ああ、牧場が笑う！
ああ、あかつきの恋歌がきこえる！
民衆のロマンセ（＊1）

　明け方のまどろみの中、子どもたちがきゃあきゃあ騒ぐやかましい声がして、ぼくはむっとなる。それ以上眠れず、とうとうしかたなく寝床からおきあがる。そして、開いた窓から野原を見ると、騒いでいたのは小鳥たちだったと気づく。

　畑に出て、晴れわたった青い日に感謝して、神をたたえる。なんとみずみずしく自由ではてしない、くちばしの音楽会だろう！　気まぐれなツバメのさえずりで井戸にさざなみがたち、クロウタドリは地面に落ちたオレンジにとまって鳴きかわす。コウライウグイスはヒイラギガシのあいだを行ったり来たりしながらおしゃべりをし、マヒワはユーカリの木のてっぺんで、長くのばした細い声で笑う。大きな松の木では、スズメたちがいりみだれていい争っている。

なんという朝だろう！　太陽は大地に金と銀の喜びをもたらし、極彩色の蝶は、花の中や家の内と外、泉など、そこらじゅうでひらひらたわむれている。大地のいたるところで健康な新しい命がはじけ、きしみ、沸きたっている。

まるで大きな光の巣の中にいるようだ。ここはまるで、光をあびて咲きほこる、あたたかい巨大なバラの中だ。

＊1　スペインの伝統的な物語詩。

26 天水（アルヒーベ）だめ

見てごらん、プラテーロ、このところの雨で、天水（アルヒーベ）だめがいっぱいだよ。音が反響（はんきょう）しないし、水が少ししかないときと違（ちが）って、陽ざしをうけた見晴らし台や、パティオの天井（てんじょう）の青や黄色のガラスごしに見える色とりどりの宝石（ほうせき）を、底にうつしてもいない。

プラテーロ、きみは一度も天水（アルヒーベ）だめにおりたことがないよね。ぼくはあるよ。何年か前、水をからっぽにしたときだ。長い地下道があって、その先に小さな部屋がある。ぼくが入ったとき、持っていたろうそくの火がふっと消えて、ヤモリが手にのぼってきた。二つの鋭（するど）い冷気が二本の剣（けん）のように胸（むね）の中で交差した。どくろの下でまじわる大腿骨（だいたいこつ）のごとく。天水（アルヒーベ）だめと地下道は村じゅうに掘（ほ）られているのだよ、プラテーロ。城山地区（しろやまちく）の古い城壁端（じょうへきばた）の大濠（おおほり）広場にあるのがいちばん大きな天水（アルヒーベ）だめだ。だけど、いちばん上等なのは、うちの天水（アルヒーベ）だめだ。ほら、雨を受けるところが、雪花石膏（せっかせっこう）（＊1）の一枚板（いちまいいた）なんだ。教会の天水（アルヒーベ）だめの地下道はプンタレス家のぶどう畑までつづいていて、川べりで畑にはきだされる。病院の天水（アルヒーベ）だめからのびる地下道は、だれも最後までたどる気になれない。どこまでもはてしないから……。

子どものころ、雨の降りつづく夜に、屋上から天水だめに落ちる雨のすすり泣くような水音で眠れないことがあったよ。なのに、朝になると、どこまで水がたまったか見たくて、一目散にかけていった。今日みたいに縁まで水がきていると、どれほど驚き感動して声をあげたことか。

……よし、プラテーロ。このすみきった冷たい水をバケツにくんでやろう。いつかビジェガスがこの水を飲むのに使ったのと同じバケツで。コニャックと焼酎ですっかり体をだめにした、あのあわれなビジェガスがね……。

＊1　透明感のある、まっ白い大理石。

27 皮膚のただれた犬

やせっぽちのあの犬はあえぎあえぎ、ときおり畑の小屋のところにやってきた。かわいそうに、どなられるのにも石を投げつけられるのにも慣れきって、いつも逃げるように歩いていた。仲間の犬たちにまで牙をむかれ、真昼の太陽のもと、のろのろと悲しげに坂をくだって、ひきかえしていったものだった。

その午後、あの犬はディアナのあとをついてきた。ぼくが外に出たとき、畑番は魔がさしたのだろう、猟銃をもちだして、あの犬にむかって発砲した。止める間もなかった。腹に弾を撃ちこまれたあわれな犬は、甲高い悲鳴をあげてくるくるまわったかと思うと、アカシアの木の下で息絶えた。

プラテーロは頭をもたげて、じっとその犬をながめていた。ディアナはおびえ、だれかの後ろにかくれようとうろうろしていた。畑番は悔いてか、だれにともなくくどくどといい訳をして、やりばのない怒りをぶつけ、良心の呵責をなだめようとしていた。ベールが太陽をかげらせたようだった。殺された犬の無傷の目をくもらせたちっぽけなベールに似た大きなベールが。

　海風にうたれたユーカリの木が、嵐にむかってしだいにはげしくむせび泣いていた。昼寝どきのまだ金色の野で、死んだ犬の上に広がった、深く重苦しい静けさの中で。

28 よどみ

待ってくれ、プラテーロ……、それとも、そこの草場で、しばらくやわらかい草をはんでいるかい。この美しい川のよどみを見せておくれ。もう長いこと見ていないから……。

ごらん、どろりとした水を陽ざしがつきぬけて、みどりがかった金色の深く美しいよどみを照らしだしているよ。岸辺に咲いた、すがすがしい空色のアイリスも、うっとりとながめている。ここは、いりくんだ迷路におりていくビロードばりの階段、宮廷画家のあふれんばかりの想像力に夢の神話がもたらす、ありとあらゆる想念をとじこめた魔法の洞窟、大きなみどりの瞳をした、狂気にとらわれた女王の永遠の憂鬱がつくりあげたビーナスの庭園、斜めにさす夕日が引き潮の水を切り裂くとき、夕暮れの海に立ちあがる宮殿そっくりの廃墟……。それから、それから、それから、どこまでも長いドレスのはかない美しさや、どこにもない忘れられた庭の、つらい春の時を思い出させる絵にも似た、どんな夢もうばえないものすべて……。遠くにあるのでちっぽけだが大きいもの。無数の感覚の鍵、最長老の魔法つかいが夢見た宝……。

このよどみはね、プラテーロ、以前はぼくの心だったんだ。ぼくは自分が孤独のなかで、よどんだ水のとてつもない濃密さに、うるわしくも毒されているのを感じていた……。だが、人間らしいあたたかな愛情が土手を切り開いたとき、くさった血が流れだして、とうとうすみきった水で心が満たされた。四月の金色であたたかい開放的な時間に、平地を流れる小川のようなきれいな水で。

けれどもときどき、過去の青ざめた手によって、以前のみどりのうらさびしいよどみにひきもどされることがある。そうすると、前にきみに読んだシェニエ（＊1）の詩にあるように、「どこまでもむなしい」声で「悲しみのまま」、消えてしまったヒュラースをよびつづけたヘラクレスに思いをはせて立ちつくすんだ。

＊1　一七六二〜一七九四。フランスの詩人。

29 四月の牧歌

プラテーロを連れてポプラの立ちならぶ小川にいっていた子どもたちが、わけもなくはしゃぎ笑いさざめきながら、黄色い花をどっさり積んだプラテーロをとことこ走らせて野道を帰ってくる。河原で雨に降られたんだね。あのうす雲がみどりの野原にかけた、金銀の糸で織られたベールの中で、すすり泣く竪琴のように虹がふるえている。そして、びしょぬれのプラテーロの背の上で、ぬれたツリガネソウからまだしずくがしたたっている。

なんてすがすがしくほがらかで感傷的な牧歌だろう！　ぬれそぼった可憐な荷物を背負うプラテーロのいななきさえのどかにひびく。ときおりプラテーロはふりむいて、口がとどくところにある花をくわえてひきぬく。白や黄色のツリガネソウは、つかのま、みどりがかったよだれにまみれてぶらさがっていたかと思うと、腹帯をしめた、プラテーロのぷっくりとした腹のなかに消えていく。プラテーロ、きみみたいに花を食べられる者はほかにいないよ……、おなかもこわさずにさ！

はっきりしない空もようの四月の午後！　プラテーロの生き生きと輝く瞳は、晴れと雨の時間すべてを映(うつ)している。夕暮(ゆうぐ)れどきには、またべつのバラ色の雲がほどけて、サン・ファンの野に雨が降(ふ)るのが見える。

30 カナリアが飛ぶ

　ある日、どういうわけか、カナリアがかごの外へ飛んでいってしまった。死んでしまった女性の形見の年老いたカナリアだ。寒さや飢えで死んだり、ネコに食べられたりするのをおそれて、ぼくはそれまでその鳥を自由にしたことがなかった。

　カナリアは朝のうちずっと、畑のザクロや、門の脇の松の木や、ライラックのこずえにとまっていた。子どもたちもずっと回廊にすわりこんで、黄色い小鳥が枝から枝に飛び移るさまに見とれていた。気ままなプラテーロは、バラのそばでのんびりと蝶とたわむれていた。

　夕方になるとカナリアは、母家の屋根にやってきて、かたむきかけたやわらかな夕日の中で、体をひくひくさせて長いこととまっていた。と、ふいに、どういう風の吹きまわしか、再びうれしそうにかごの中におさまった。

　庭じゅうがもう大騒ぎだ。子どもたちはとびはね、オーロラのようにあかね色にほおをそめて、笑顔で手をたたいた。犬のディアナも、子どもたちにつづいて踊りあがって喜び、鈴をころがすように歌うカナリアにむかってさかんにほえたてた。プラテーロもつられて、ヤギの子のように後ろ脚で立ちあがり、銀色の体を波うたせて、くるくるとぶかっこうなワルツを踊ったかと思うと、前脚を地面について、すみきったおだやかな空気にむかって後ろ脚をはねあげた。

3/ 悪魔

硬い孤独な早足で、もうもうと土ぼこりをまいあげて、城壁通りの角から、いきなりそのあかまみれのロバは現れる。すぐあとから、息をきらした子どもたちの一団。浅黒いおなかをのぞかせて、ぼろぼろのズボンをひっぱりあげ、石や棒を投げつける……。

黒い、大きな、年よりのロバだ。首席司祭（＊1）のように骨と皮ばかり、あちこち毛がぬけて、皮に穴があきそうだ。ロバは立ち止まり、腫れ物のような黄色い歯をむいて、老いさらばえた体に不似あいな野太い声で空にむかって荒々しく鳴く……。はぐれロバかな。プラテーロ、見おぼえがあるかい？　何をしたいのか。その乱暴なあぶなっかしい足どりで、だれから逃げてきたのだろう。

ロバを見たプラテーロは、はじめ、両耳をぴんとそろえて立てていたが、やがて片耳を立てたまま、もう一方の耳だけを折りまげてぼくのほうをむいて、側溝のかげにかくれて逃げだそうとした。黒いロバは、プラテーロの脇をかすめ、鞍をひっぱり、においをかぎ、修道院の塀にむかって鳴き、城壁通りを小走りにくだって消えていった……。

……暑さのなかで、悪寒が――ぼくにか？　プラテーロにか？――走り、すべてのものがかき乱される奇妙な瞬間。まるで太陽の前を黒布の低い影がよぎり、路地の角のまばゆい孤独を隠したかのように、ふいに空気が止まり、息ができなくなる……。遠くから聞こえてくる物音で、ぼくたちは少しずつ現実にひきもどされる。少し先の魚広場でとびかう声がする。川岸通りからやってきた行商人たちがヒメジやタイやスズキをいせいよく売り歩く声、朝の礼拝の時を告げる鐘の音、研ぎ屋の呼び子……。

プラテーロはまだふるえながら、おびえてちらちらとぼくを見る。なぜかしらどちらも、しばらくだまりこくったままで……。

「プラテーロ、あれはロバじゃないよ……」

プラテーロはだまったまま、かすかな音をたててもう一度身ぶるいし、逃げごしでむっつり卑屈に溝のほうを見る……。

＊1　カトリックの聖職者の役職名。

32
自由

陽ざしをいっぱいにあびた一羽の小鳥が、道ばたの花に見とれていたぼくの目を引いた。しっとりぬれたみどりの草の上で、色あざやかな翼をしきりに広げるのに飛びたてない。ぼくはプラテーロを後ろにしたがえて、そろりそろりと近づいていった。すると、草のかげに水飲み場があり、そこにふとどきな子どもたちが鳥をつかまえようと罠をしかけていたのだった。悲しいおとりの鳥は、力のかぎり飛びあがっては、不用意に空の兄弟をよびよせていた。

朝は明るく青につらぬかれ、すみわたっている。となりの松林から、小鳥たちのコンサートがにぎやかに聞こえていた。遠ざかったり近づいたり、こずえをゆらすゆるやかな金色の潮風にのって、たゆたうさえずり。すぐそこに邪悪な心があるというのに、なんと無邪気な歌声だろう！

ぼくはプラテーロにのり、足でけしかけて、小走りに松林にのぼっていった。青々とした松葉の丸屋根の下までくると、手をたたき、歌い、よびかけた。プラテーロもいっしょになって、一回、二回と、荒々しくいなないた。大きな井戸の底にいるように、深くろうろうと声が反響する。鳥たちは歌いながら、ほかの松林へと飛んでいった。

野蛮な子どもたちがもんくをいう声を遠くに聞きながら、プラテーロは、ありがとうというように、もしゃもしゃの頭をぼくの胸に痛いほどこすりつけた。

33 さすらいの民

プラテーロ、あの人たちをごらん。くたびれた犬がしっぽをじべたに寝かせるみたいに、ひなたの道端に寝そべっているよ。

泥の像のような若い女は、えんじとみどりのみすぼらしい毛糸の服をだらしなく着て、そのあいだからあかがね色の肌をまるだしにし、土鍋の底のように真っ黒な手でそこらの枯れ草をむしっている。髪ですっかり顔がかくれた女の子は、炭のかけらで塀にみだらな絵を描いている。小さな男の子がわんわん泣きながら、噴水のように、自分のおなかに小便をひっかけている。男はぶつぶついいながらぼさぼさの頭をかきむしり、サルはギターを弾くようなかっこうで脇腹をかく。

ときおり男はむくりと起きあがり、道のまん中に出て、家々のバルコニーを見あげながら、めんどうくさそうにタンバリンをたたく。女は、男の子にけられて、単調な歌を調子っぱずれにうたい、悲痛な声で運命をのろう。サルは、自分より重たい鎖でつながれているが、いきなりくるりととんぼ返りをして、溝にころがっている石ころから、いちばんやわらかそうなのをさがしはじめる。

三時だ……。乗合馬車が新道通りを遠ざかっていく。あるのは太陽だけ。

「ほら、プラテーロ、これがアマロ一家の理想の姿だよ……。頭をかきむしっているカシの木のような男。寝そべっている、ぶどうのつるのような女。あとつぎの男の子と女の子と、世界のようにちっぽけでひ弱なサル。このサルが、ノミをとりながら、一家四人をささえているのさ……」

34 恋人

すみきった潮風が赤い坂をのぼり、丘の上の野原で小さな白い野の花とたわむれて笑う。それから、のびほうだいの松の枝にからまり、水色やバラ色や金色に光り輝く蜘蛛の巣を、うすいベールのようにふくらませてゆらす……。午後全体が潮風だ。そして、太陽と風が、やわらかな幸福感を心にもたらす!

プラテーロは満ちたりて、軽やかにいそいそとぼくをのせていく。ちっとも重くないとばかりに。坂をくだるように軽々と坂をのぼる。遠くに、無色にきらめく海のリボンが一筋、海辺の松のあいだで島のようにふるえている。下のみどりの牧場では、足首だけ白いロバたちが草むらから草むらへととびはねている。

ある官能的なおののきが野道にただよう。突然、プラテーロが耳を立て、小鼻をぐいっと目のほうに広げて鼻面をもちあげ、大きな黄色いインゲン豆のような歯をむきだしにする。四方の風を大きく吸いこんでいたプラテーロの胸に、何か深い芳香が届いたにちがいない。そうだね、むこうの丘の上で青空を背にして、きみのすきな灰色の子が立っているのが小さく見えるね。二つの長いいななきが、トランペットのように高らかにきらめく時間を切りさき、双子の滝となって落ちていく。

ぼくはあわれなプラテーロの愛すべき本能にさからわなければならなかった。野原にいるうるわしい恋人は、その大きな黒曜石の瞳に相手の姿をやきつけて、同じくらいさびしげにプラテーロを見送る……。なぞめいたむなしいよび声が、自由な体を得た本能のように、マーガレットの花のあいだを荒々しくころがっていく。

プラテーロは強情に足を踏んばって抗議し、しきりに後ろをふりかえろうとする。

「うそだろう、うそだろう、うそだろう」と。

35 ヒル

待て。それはなんだい、プラテーロ。どうした？

プラテーロの口からたらたらと血がしたたっている。一歩進むごとにせきこみ、足がのろくなる。一瞬で、ぼくはすべてをさとった。今朝、ピネテの泉にたち寄ったとき、プラテーロは水を飲んだ。いつもいちばんすんだところを選んで、上下の歯をぴったり合わせて飲むのだが、舌か口の内側にヒルが吸いついたにちがいない。

「待てよ。見せてごらん……」

アーモンド畑からおりてきた、小作人のラポソに助けを求めた。二人がかりでプラテーロの口をこじあけようとするが、ローマのセメントでくっつけたようにびくともしない。残念なことに、どうやらプラテーロは、ぼくが思っていたほど賢くないようだ。ラポソは畑用の太い支柱をもってきて四つに折り、その一本をプラテーロの口に横からさしこもうとするが、なかなかうまくいかない。プラテーロは後ろ脚で立ちあがり、頭をふりあげて顔をそらす……。とうとうすきをついて、口の脇から棒がねじこまれた。ラポソは、プラテーロが棒をはきださないように、馬のりになって両側から棒の端をつかみ、後ろにひっぱった。

そう、口の中に、血を吸ってぱんぱんになった真っ黒いヒルがいた。二本のつるではさむようにして、ひきはがす……。赤土をつめた袋か、赤ワインの皮袋のようだ。逆光で見ると、いきりたった七面鳥の肉だれのようでもある。ロバの血をこれ以上吸わないように、小川の上でぼくがそれを切ると、小さく渦まく水が一瞬、プラテーロの血で赤くそまった。

36　三人のおばあさん

プラテーロ、土手におのぼり。さあ、そのおばあさんたちを通してあげよう。海辺か山から来たのだろう。一人は目が見えず、あとの二人が手をひいている。ルイス先生の診療所か病院に行くのだろうか……。手をひいている二人はどちらも、なんと慎重に歩いているのだろうね。死神をおそれているのか、手を前につきだして空気までよけそうな勢いで、ありもしない危険をさけているのがわかるかい。花の咲いたか細い枝まで、ばかていねいにかきわけているよ、プラテーロ。

ちょっと、転ぶったら、もう……。ずいぶんひどい口のきき方だな。ヒターノだ。フリルのついた水玉もようのカラフルな服をごらん。年をとっても体はひきしまり、ショールもはおっていない。真昼の陽ざしをうけて、浅黒く、汗をかき、うすぎたなくほこりにまみれているけれど、かたくかわいた思い出のようなたくましい美しさをとどめている。

プラテーロ、三人のおばあさんたちをごらん。燃えたつ太陽のきらめくやさしさのなか、黄色いアザミをほころばせる春につらぬかれて、なんと自信にあふれて老いをむかえいれているとか！

37 荷車

雨でぶどう畑まで幅の広がった川で、立ち往生している古ぼけた荷車に出会った。青草とオレンジを積んだ荷台がぬかるみにはまりこんでしまっている。くたびれはて泥だらけになった女の子が、車輪によりかかって泣いている。小さな胸で車輪を押して、ロバを手伝おうとしたのだね。女の子が泣きじゃくりながら声をかけると、プラテーロよりもっと小さい、やせっぽちのロバは荷車をぬかるみからひきだそうとするけれどもどうにもならず、くやしげに風をあおぐ。どんなにがんばっても、より集まった勇ましい子どもか、花の中に消えていく、くたびれきった夏のそよ風ほどの力しかないのだよ。

ぼくはプラテーロをなでてやってから、どうにかその荷車につないだ。そしてやさしくはげまして、あわれなロバの子の前でひっぱらせると、一度ひいただけで、荷車とロバはぬかるみからぬけだして、土手をのぼりはじめた。

女の子がなんとうれしそうにほほえんだことか！　雨雲の中でこなごなに砕けていた黄色い太陽が、なみだでよごれた少女の顔を後光で照らすかのようだった。

女の子は泣きそうなほどよろこんで、よりぬきのオレンジを二つ、ぼくにさしだした。ずっしりと重い、まるい上等のオレンジだ。ぼくは感謝(かんしゃ)してうけとると、一つは、あまいねぎらいとしてあの弱々しいロバの子にやり、もう一つは、黄金のほうびとしてプラテーロにやった。

38 パン

プラテーロ、モゲールの魂はワインだと、ぼくは前にきみにいったよね。でも、ちがうよ。やっぱり、パンだ。モゲールは小麦粉のパンのようだ。中はパンの内側のようにまっ白で、まわりはパンの外側のように金色——小麦色の太陽！——なんだ。

太陽がいちばん暑く照りつける真昼どき、村全体から湯気がたちのぼり、松と焼きたてのパンのにおいがたちこめる。すると、村じゅうが口をあける。大きなパンをほおばる、大きな口だ。パンはなんにでもあう。オリーブオイルにも、ガスパチョ（＊1）にも。チーズにもぶどうにも極上のキスの味をそえる。ワインにも、スープにも、生ハムにも。パンとパンを組み合わせてもいい。あるいは希望のようにか期待をこめてか、パンだけでもいい。

パン屋は馬にのってやってきて、一軒一軒たずねては、半びらきになった勝手口の前で足をとめ、手をたたいて売り声をあげる。「パナデーロ——……！（＊2）」むきだしの腕がさしだしたかごの中にパンが落ちて、かすかに硬い音をたてる。フランスパンとロールパンが、大きなパンとねじりパンがぶつかりあう……。

すると、貧しい子どもたちはすかさず、パティオのフェンスの扉の鈴か、玄関のよび鈴を鳴らして、家の中にむかって泣きおとしにかかる。ちょっとだけパンをちょうだーい……！　と。

＊1　トマトを使った冷製スープ。
＊2　「パナデーロ」はスペイン語でパン職人のこと。

39 アグライア（＊1）

プラテーロ、今日はなんてハンサムなんだ！　こっちにおいで。マカリア（＊2）は、今朝はまたずいぶんはりきって磨（みが）きあげたな。白い毛も黒い毛も、雨に洗（あら）われた昼と夜みたいにぴかぴかだ。

こざっぱりとしたプラテーロは、はだかの娘（むすめ）のようにちょっぴりはにかみながら、まだぬれたまま、ゆっくりとぼくのほうにやってくる。最年少の美の女神アグライアにきらめきをさずけられたのか、あかつきのように顔が明るくなり、大きな目が生き生きと輝（かがや）いている。

声をかけたとたん、ふいに兄弟愛がこみあげてきて、ぼくはプラテーロの頭をかかえてもみくちゃにし、くすぐってやる……。プラテーロはじっとしたまま目をふせ、そっと耳でよけようとする。あるいは、ふざけんぼうの子犬のように、身をふりほどいて、ちょっと走ったかと思うと、すぐに足を止める。

「おい、かっこいいぞ！」もう一度、声をかける。

プラテーロは、新しい服を着た貧しい子どものように、おずおずと走り、ぼくに語りかける。逃げながら、耳に喜びをにじませてこちらを見て、馬小屋の戸口にはえている、色とりどりのツリガネソウを食べるふりをして立ち止まる。

善と美の女神アグライアが、葉と実とスズメをたわわにのせた梨の木にもたれて、ほほえみながらそのようすをながめているよ。朝の透明な陽ざしの中で、その姿はほとんど目には見えないが。

＊1　ギリシャ神話の三美神のひとり。
＊2　お手伝いさんの名。

40 丘の上の松の木

どこで足を止めようとね、プラテーロ、ぼくは自分があの丘に立つ松の木の下にいる気がするんだ。都会、愛、栄光……、どこにたどりつこうと、白い雲がうかんだ青空のもと、あの青々と広がった枝の下にたどりつく気がする。あの松は、浅瀬で嵐にみまわれたモゲールの船乗りたちの灯台であるのと同様、ぼくの夢の荒海を照らす灯台だ。サンルーカルにむかう物乞いたちがたどる急な赤い坂道をのぼりきったところにある、あの丘のてっぺんは、苦しくつらい日々の中で、ぼくの安らぎの場所だった。

あの木の思い出のもとで休むといつでも、なんと心強く感じることか！　おとなになっても、あの松だけは前と変わらず高くそびえ、見るたびに大きくなる。大風で折れた枝が切り落とされたときは、自分の手足がもがれるようだった。思いがけない痛みにみまわれたときは、あの松も痛がっているように思える。

海や空やぼくの心と同じように、あの松には、「壮大」という言葉が似あう。海の上や空のもと、郷愁とともにぼくがするように、何百年にもわたってさまざまな人びとが、あの松の木陰で雲を見あげて休んできた。ふと気をゆるめたすきに、勝手きままな幻影がそこらじゅうにはびこったときや、目にするものすべてがつまらなく、いつもとちがって見えるとき、丘の上の松の木は永遠の絵画となって、いつにも増して大きく快い葉ずれの音とともに、ますます巨大にぼくの前にそびえ立ち、そののどかな木陰で休んでいくよう、迷えるぼくにさそいかける。ぼくの人生という旅の、ほんものの永久の終着点となって。

41 ダルボン

プラテーロの主治医のダルボンは、ぶちの牛のように大きく、スイカのように赤い。重さは十一アロバ（＊1）。年は、本人によれば、二十年の三倍。

話しているときに、古いピアノのように音が出なくなり、言葉のかわりに、スースーと息だけがもれることがある。そうなるともれなく、かがみこんで胸をむやみにたたき、よろよろと体をゆらし、咳ばらいをし、ハンカチにつばをはきだす。夕食前の愛すべきコンサートだ。

ダルボンは、前歯も奥歯ももうないので、手でもんでやわらかくしたパンの白いところしか食べない。赤い口に丸めてポイッといれ、一時間近くもぐもぐやっている。そして、もう一つ、また一つ。歯茎でかむたびに、まがったわし鼻の先がひげにつく。

さっきもいったけれど、ぶちの牛みたいに大きいから、ダルボンが立つと、玄関がふさがる。でも、子どもにもプラテーロにもやさしく、花や小鳥を見ると、口をいっぱいにあけていきなりわらいだす。けれども、わらいだしたはいいが調節がきかずに、最後にはいつでもなみだをながす。そして、ようやくおちつくと古い墓地(ぼち)のほうを長いこと見つめる。

「むすめよ、かわいそうなわしのむすめ……」

＊1　重量の古い単位。一アロバは約十二キロなので、約百三十キロ。

42 子どもと水

太陽に焼かれ、からからにかわききった庭は、どんなにそっと足をおろしても、灰のような白い土ぼこりがまいあがり目に入る。その子は、その庭の泉とともにいる。その子と泉は、心のつうじあった、気のおけないほがらかな仲間だ。泉に近づくと、木は一本もないのに、心はある名前で満たされる。群青の空に光の文字でくっきりと書かれた〈オアシス〉という名で。

午前中から昼寝時のように暑い日、聖フランシスコ教会の裏庭で、オリーブの木にとまったセミが一匹、のこぎりをひいている。その子は水にすっかり心をうばわれ、陽ざしがまともに頭に照りつけているのにも気づかない。地面に腹ばいになって、流れ落ちる水の下に片手をさしいれている。水が手のひらにのせた、ゆらゆらゆれる優美ですずしげな宮殿を、その黒い瞳はうっとりと見つめている。ひとりごとをいい、はなをすすり、着古した服のあいだにもう一方の手をつっこんで体をかきむしる。水の宮殿は、いつも同じようでいて、刻一刻と新しくなり、ときにゆらめく。そして、その子は息をつめ、体をかたくして没頭する。自分の脈うつ血が、水のつくりあげたすばらしい造形をうばってしまわないように。ほんのひとかけらのガラス片が動けば、万華鏡の繊細な絵は変わってしまうのだから。

「プラテーロ、ぼくのいうことをきみが理解するかわからないけれど、あの子はあの手のひらに、ぼくの魂をのせているのだよ」

43
友情

ぼくたちはよくわかりあっている。気のむくままに歩かせれば、プラテーロはいつだって、ぼくのすきな場所に行ってくれる。

プラテーロは知っている。丘の松の木のところに行けば、ぼくは近づいてその幹をなで、大きく広がった明るい樹冠ごしに空を見あげたくなると。芝生のあいだの小道をぬけて古い泉に行くとうれしいと。松の高い木立がローマの風景を思わせる丘から川をながめるとわくわくすると。プラテーロの背にゆられてまどろむと、目覚めたときにはかならず、そういったここちよい風景が目の前に広がる。

ぼくはプラテーロを、子どものようにあつかう。きつい道で重そうにしていると、おりて楽にしてやる。キスをして、だまして、おこらせる……。プラテーロは、ぼくにすかれているとよくわかっているから、うらみはしない。プラテーロはぼくとよく似ていて、ほかの人とはちがっている。ぼくと同じ夢を見ているかと思うほどだ。

プラテーロは、恋する娘のようにぼくのいうことをきく。けっして不平をいわない。ぼくは知っている、ぼくが彼の幸せだと。プラテーロはほかのロバや男たちから、逃げさえするのだ……。

44 子守の女の子

硬貨のようにうすよごれた、愛らしい炭屋の少女が、粗末な小屋の前でかわらにこしかけて、幼い弟を寝かしつけている。黒い目はつややかで、煤だらけの顔の中できゅっと結んだくちびるに、血がはじけている。

五月の時は、太陽が入りこんだように生き生きと明るく燃えている。日光にあふれた平和の中で、野原でぐつぐつと鍋の煮える音と、牧場にいる馬たちのいななき、海風がユーカリの葉をゆらす音が聞こえる。

やさしく心をこめて、炭屋の少女がうたう。

いいー子は　ねーんね
ひつじかいの　みもとで

歌がやむ。こずえをゆらす風……。

いいー子は　ねーんね
母さんも　眠るー

風だ……。焼いた松のあいだをおとなしく歩いていたプラテーロが、ゆっくりとこちらにやってくる……。そして、くすんだ大地に横たわり、母さんのゆったりした子守唄にゆられて、子どものようにまどろむ。

45 裏庭の木

　この木はね、プラテーロ、ぼくが種から育てたこのアカシアはね、春ごとにひとまわりずつみどりの炎を大きくして、今や、しげった葉が夕日を受けて、ぼくたちにすっかりおおいかぶさっているよ。今はあき家になっているこの家に住んでいたころ、この木は何よりもぼくの詩情をそそったものだった。四月にはエメラルドに、十月には金色に着飾った枝をひとめ見ただけで、ミューズ（＊1）の清らかな手にふれられたように、ぼくの頭はすがすがしくさえわたった。あのころはすらりときゃしゃで、なんと美しかったことか。

　プラテーロ、それが今や、この裏庭の主だ。なんとふてぶてしくなったことか！　ぼくのことをおぼえているかどうかもわからない。まるでべつの木のようだ。ぼくが忘れていたあいだに、年々すき勝手にのび広がり、見てもうれしくなくなった。

　木にはちがいないし、しかも自分で植えた木だというのに、今は風情のかけらもない。どんな木でも、はじめてなでたときには、何かが心に触れるものだよね、プラテーロ。ところが、あれほど愛し、あれほど親しんできたこの木には、なんの感慨もわいてこない。

悲しいね、プラテーロ。でも、何をいってもむだだ。夕日ととけあったアカシアの枝に、ぼくの竪琴がかかる（*2）ことはもう二度とないだろう。おもむきのある枝が詩をもたらし、樹冠の内なる輝きが思索をさそうこともない。そして、すがすがしく香りたつ音楽的な孤独を求めて、あれほど足を運んだこの場所にやってきても、心はうきたたない。カジノや商店や劇場に来てしまったときのように、ふゆかいでうそ寒く、逃げだしたくなるのだよ、プラテーロ。

*1 ギリシャ神話の詩歌・文芸・音楽の女神。
*2 「竪琴がかかる」は、詩心がわくことのたとえ。

46 胸を病んだ少女

壁を白く塗られた寒々とした寝室で、胸を病んだ少女は、しおれたナルドの花のように色を失い、まっ白い顔で、背すじをのばしてさびしくいすにすわっていた。外に出て、ひえびえとしたこの五月の太陽にあたるようにと医者にいわれたのに、かわいそうに、出ることができない。

「橋んとこまで行ったらね、そんだけで息が苦しくなるの……」

弱々しくかすれた子どもらしい声は、夏のそよ風がやむようにふっととぎれる。

プラテーロにのってひとまわりしないかと、ぼくはさそってみた。プラテーロの背にのったとき、その子のやつれた青い顔に、黒い瞳に、白い歯に、広がった笑顔といったら！

家々の戸口から女たちが顔をのぞかせ、ぼくたちを見送った。うすいガラスでできた、きゃしゃなリリオの花を運んでいるのがわかっているのか、プラテーロは用心深く足をはこぶ。モンテマジョールの聖母のように、丈の長い純白の服にえんじのひもを結んだ少女は、熱と希望ですっかりさまがわりして、さながら、南の空へとむかうとちゅうで村に舞(ま)いおりた天使のようだった。

47 ロシオの巡礼祭（＊1）

「プラテーロ」ぼくはよびかけた。「さあ、山車を出むかえに行こう。行列が、遠いドニャーナの森のざわめきや、霊魂の谷の松林の神秘を、マードレスとトネリコの丘のすがすがしさや、ロシーナの清流の香りをはこんでくるよ」

ぼくは、プラテーロをかっこよく飾りたててやった。泉通りをいく娘たちに、プラテーロが声をかけるかもしれないから。午後のためらいがちな太陽は、泉通りの白く低いひさしをあわいバラ色にそめて沈もうとしている。ぼくたちは、平原からくる道を見わたせる、かまど通りの土手にじんどった。

もうじき山車が坂をのぼってくるよ。ふじ色のうす雲からロシオの霧雨が降り、ぶどうのみどりの葉をぬらしている。けれど、だれも雨など気にしやしない。

先頭は、ロバやラバや馬にのった、何組もの陽気な男女だ。馬たちはアラビア風に飾られ、たてがみが編んである。陽気な若者たちと勇ましい娘たち。若者たちは生き生きと華麗に行きつもどりつしながら、うかれ騒ぐ。お次は、ごちゃごちゃにいりみだれた、よっぱらいたちの山車。つづいて、上から白い幕をたらした、寝台のような山車だ。たれ幕の下に、小麦色のひきしまった体をした、花のような娘たちがすわり、タンバリンをたたき、声をはりあげてセビジャーナ（＊2）を歌う。さらにたくさんの馬やロバ……。そして、やせぎすで頭のはげた、赤ら顔の行列のおかしらが、つばひろの帽子を背中にぶらさげ、あぶみに金の指揮棒を立てかけて、「ロシオの聖母、ばんざーい！　ばんざーい！」とさけぶ。りっぱなぶちの牛にしずしずとひかれて、とうとう無原罪の聖母さま（＊3）が現れる。牛たちにかけられた、司教さまの祭服のような飾り布の色とりどりのスパンコールが、ぬれた陽ざしをうけてきらきらと四方八方に光をはなつ。足並みのそろわない牛たちに引かれてがたがたとゆれる、アメジストと銀で飾られた聖母さまの白い山車は、しおれた花壇のように花でうめつくされている。

音楽が、鐘の音と黒い打ち上げ花火と、石畳をうつ硬い蹄鉄の音にかき消される……。するとプラテーロは前脚を折りまげ、おだやかにうやうやしくあまったれて、淑女のように――なんとたくみなことか――ひざまずいた。

＊1　ウエルバ県にある村ロシオで復活祭の五十日後に行われる祭り。いくつかの村から聖母の山車を引いたパレードが出て、歌い踊りながらロシオにむかう。
＊2　スペインのアンダルシア地方の歌の一種。
＊3　聖母マリアのこと。山車にのせられて引かれていく。

48 ロンサール（＊1）

端綱(はづな)をとかれたプラテーロは、咲(さ)きみだれる純白(じゅんぱく)のマーガレットのあいだで草をはみ、ぼくは松の木の下で横になった。ふりわけの鞍袋(くらぶくろ)からうすい本をとりだし、しおりのところで開き、声に出して読みはじめる。

　花開く、五月のバラよ
　うるわしき青春の、はじめての花
　空は身をこがす、そのあざやかな色に

頭上の高い枝(えだ)で、小鳥が一羽、軽やかにはね、ピーピーさえずる。太陽は、こぼれるようなみどりのこずえともども、小鳥を金色にそめる。飛んだりさえずったりするあいまあいまに、小鳥が朝食についばんでいる実の割(わ)れる音がする。

そのあざやかな色に……

ふいに、大きな、なまあたたかいものが、船のへ先のようにぼくの背中(せなか)にすりよってくる……。プラテーロだ。オルフェウス(*2)の竪琴(たてごと)にさそわれて、いっしょに詩を読みにきたのだな。ぼくたちは読む。

……そのあざやかな色に
空が白み、なみだのつゆに……

しかし、小鳥ときたら、なんと消化の速いことか。いただけない注釈(ちゅうしゃく)(*3)で文字をかくしてしまった。

ロンサールはその瞬間(しゅんかん)、自分のソネット(*4)を忘(わす)れ、きっとあの世で大笑いしたことだろう。

*1 一五二四~一五八五。フランスの詩人。
*2 ギリシャ神話の詩人。
*3 「いただけない注釈(ちゅうしゃく)」とは、鳥のふんのこと。
*4 詩の一形式。

49 のぞきめがねのおじさん

いきなり前ぶれもなく、小太鼓のかわいた連打が町の静けさをやぶる。つづいて、しわがれた声が、息をきらしながら長い口上をまくしたてる。ぱたぱたと、かけてくる足音が聞こえる……。子どもたちが歓声をあげる。

「のぞきめがねのおじさんだ！　のぞきめがねだよ！」

街角におかれたおりたたみいすの上で、四すみにピンクの小旗を立てたみどり色の木箱が、レンズを日にさらして待ちうけている。老人が小太鼓をさかんにたたく。お金のない子どもたちの一団が、手をポケットにいれたり背中にまわしたりして、だまって箱をとりかこむ。じきに、銅貨をにぎりしめた子がかけてくる。その子は前に進みでて、レンズに目をあてる……。

「ごらんあれー。白馬にまたがるプリム将軍（＊1）でござーい！」よそからきた老人が、めんどうくさそうにいい、小太鼓をうつ。

「バルセローナの港でござーい」そして、太鼓の連打。

銅貨をにぎった子どもがつぎつぎとかけつけ、目を輝かせて老人を見つめ、その箱の中の空想を買う気まんまんで硬貨をさしだす。老人はしゃべりだす。

「さあ、お次は、ハバナ（＊2）のお城でござーい」そして、太鼓をうつ……。

何か見えないかと、女の子と犬といっしょに前のほうに出ていたプラテーロがふざけて、子どもたちの顔のあいだに大きな頭をぬっとつっこむ。すると、老人はいきなり調子づいて、プラテーロに声をかける。

「さあ、金をよこしな！」

お金のない子どもたちがみな、老人の顔を見て、へつらい、せがむように笑う……。

＊1　十九世紀スペインの将軍。

＊2　カリブ海の国キューバの首都。

50 道ばたの花

プラテーロ、道ばたのこの花は、なんと清楚で美しいのだろう！　牛、ヤギ、馬、人間……、あらゆる者が通りすぎるかたわらで、こんなにもやさしく、こんなにもはかなげに、何ものにもけがされることなく、土手の上に一輪、すらりと立って、うすむらさきの可憐な花を咲かせている。

毎日、近道をしようとこの坂をのぼるたびに、みどりの斜面に咲くこの花を、きみは見てきたよね。横に小鳥がとまっていることもあるが、ぼくたちが近づくと、なぜかしら小鳥は逃げてしまう。小さな杯のように、夏雲のすんだ水をたたえていることもあれば、ときにはミツバチに蜜をぬすませ、きまぐれな蝶の飾りを頭にのせている。

この花の命はほんの数日しかないのだよ、プラテーロ。だけど、思い出は永遠だ。この花の一生は、きみの春の一日か、ぼくのひと春のようなものだ……。ねえ、プラテーロ、この花がいつまでも、ぼくたちの日々の素朴なお手本として咲きつづけるには、秋に何をあげたらよいのだろう。

5/ ロール

プラテーロ、きみは写真の見方がわかるかな（＊1）。前に農夫たちに写真を見せたら、みんなぽかんとしていたよ。これがフォックステリアのロールだ、プラテーロ。きみに話したことがあるだろう。見てごらん、冬に大理石のパティオで、ゼラニウムの鉢のあいだにおいたクッションにのってひなたぼっこをしているところだよ。

かわいそうなロール！　ぼくがセビーリャで絵を描いていたとき、あそこから連れてきた犬のロールは、日が当たると毛がほとんど無色に見えた。女性のふとものようにすこやかで、ホースから丸くほとばしる水のように元気がよかった。ところどころに、蝶がとまっているように毛の黒い部分があって、二つの輝く瞳は、どこまでも高貴な心をうつしだしていた。おかしなくせがあって、ときどき大理石のパティオに植わった白ゆりのあいだで、めまいがしそうなほど、わけもなくくるくるとまわっていた。五月のパティオでは、天井のガラスからさしこむ陽ざしが、カミーロさんが描くハトのように、赤や青や黄色の光ですべてを彩っていたからね……。ロールが屋根にかけのぼって、かわいそうに、イワツバメの巣が大騒ぎになることもあった……。マカリアが毎朝石けんで洗ってやっていたから、ロールはいつでも、青空を背にした屋上の白いぎざぎざの囲いのようにまっ白に輝いていたよ。

父さんが死んだとき、ロールは棺のわきで、ひとばんじゅう寝ずの番をした。母さんが具合を悪くしたときは、一か月何も食べずに、ベッドの足もとにうずくまっていた。……なのにある日、狂犬病の犬にかまれたという知らせをうけたんだ……。そこで、だれにも会わないように、城山地区にあるワイン醸造所に連れていって、オレンジの木につないでおかなければならなくなった。

そこに連れていくとちゅうの道でふりかえったときのロールのまなざしはね、プラテーロ、今もぼくの胸につきささっている。とてつもなく深い悲しみとともに虚空をつらぬいて、死んだ星がいつまでも輝きつづけるように……。物理的苦痛が心臓をつきさすたびに、ロールが心に残したまなざしが、いつまでも消えない跡のようによみがえる。人生から永遠へとむかう道、小川から丘の松の木に至る道のように、どこまでもつづくまなざしが。

＊1　百年前のモゲールでは、写真がめずらしかったと思われる。

52 井戸

エル・ポソ！（＊1） プラテーロ、なんと奥深く、なんと深いみどり色をした、なんとさわやかで、なんとひびきのよい言葉だろう！ 言葉がくるくるとまわりながら暗い地面をうがち、ひんやりとした水面まで届くようだ。

ごらん、井戸端を飾るイチジクの木が、縁石をくずしているよ。井戸の中の、手をのばすとどくところにある苔むしたれんがのあいだには、香りのよい青い花が咲いている。その下にはツバメが巣をかけている。それから、こわばった影の扉のむこうにエメラルドの宮殿があり、湖がある。その静かな水面に石を投げこむと、湖は怒り、うなり声をあげる。そして、最後は空。

〈夜が中に入りこみ、気まぐれな星々に飾られた月が水底でふくらむ。静寂！ 道をたどり、命はかなたへ去っていき、井戸をたどり、魂は深みへと逃げこむ。たそがれのむこう側のようなものが水底にかいま見える。そして、井戸の口からは、世界のあらゆる秘密をにぎった夜の巨人が出ていくようだ。じっと動かない魔法の迷宮、かぐわしい日陰の庭園、魔法をかけられた魅惑の広間よ！）

「プラテーロ、もしいつかぼくが井戸に身を投げたとしても、それは死のうとしてじゃないよ。星をすばやくつかもうとしてだよ」

のどがかわいたプラテーロが、せつせつと鳴く。おどろいたツバメが一羽、あわてて音もなく井戸から飛びだす。

＊1　「ポソ」はスペイン語で、井戸の意味。「エル」は定冠詞で、特定のものであることを表す。

53 あんず

塩小路は、石灰（せっかい）の壁（かべ）に太陽と青い空をうつしてむらさきにそまり、せまくくねくねと塔（とう）までつづく。たえず潮風（しおかぜ）にうたれて南面が黒ずんで、壁（かべ）がはがれおちた塔（とう）にいたる細い道を、ゆっくりゆっくり、少年とロバがやってくる。ずり落ちたつばひろの帽子（ぼうし）にほとんど隠（かく）れた、小さなおとなのようなその子の心はフラメンコ（＊1）の空想にひたって、次から次へとコプラをくりだしている。

……苦しくてー

おまえにせがむー……

あんずを背負（せお）わされて少しくたびれたロバは、手綱（たづな）をとかれ、道ばたにわずかにはえた、うすよごれた草をはんでいる。少年は、ときどき現実（げんじつ）の世界にひきもどされるかのように、急に足を止める。そして、少し開いた、むきだしの茶色い足をふんばって、口の前に手をあてて、野太いおとなびた売り声をはりあげるが、「べー」のところで子どもにもどる。

「アルベールチゴー――！(*2)」

それから、ディアス神父の言葉をかりれば、商売など「これっぽっちも」かまわないかのように、少年はまたヒターノの歌を小声で口ずさみだす。

……いまもこれからも
おまえのせいとはいわねえさ……

そして、何気なく道端の小石を棒でたたく……。

焼きたてのパンと、松の木の焼けるにおいがする。ゆるい風がせまい小路をかすかにゆらす。三時を告げる大鐘が、小さな鐘の音に飾られてふいに歌いだす。眠りこんでいた村はずれの静けさをやぶる、乗合馬車のラッパや鈴の音が、祝日を告げるにぎやかな鐘の音にかき消される。そして、風が屋根の上に、香り高くゆれ動く、まぶしい結晶となったまぼろしの海をはこんでくる。孤独にきらめく同じ波にあきた、だれもいない海を。

少年は、はっと我にかえり、声をはりあげる。

「アルベールチゴーー！」

プラテーロは歩きたがらない。何度も何度も少年のほうをふりかえり、少年のロバのにおいをかぎ、鼻面でつつく。二頭のロバは、どこかシロクマを思わせる仕草で、そっくり同じように頭を動かして心を通わせあう。

「わかったよ、プラテーロ。ぼくはその子に、そのロバをくれるようにたのむとしよう。そしてきみは、その子といっしょにあんずを売り歩いたらどうだい？」

＊1　ヒターノの伝統(でんとう)から生まれた、アンダルシア地方の歌と踊(おど)り。「コプラ」は、その歌のことで、恋(れん)愛(あい)を歌ったものが多い。
＊2　「アルベルチゴ」はスペイン語で、あんずの意味。

54
足蹴

若い牛の焼き印を押し（＊1）に、ぼくたちはモンテマジョールの牧場に行くところだった。燃えあがる昼下がりの広大な青空のもと、うす暗い石畳の中庭には、陽気で力強い馬のいななきと、女たちの笑いさざめく声と、おちつきのない犬のほえ声がひびきわたっていた。プラテーロはすみっこでそわそわしている。

「でもね、きみはまだ小さいから、来られないよ」ぼくは声をかけた。

しかし、あまりにもききわけがないので、ぼくは〈トント〉（＊2）にたのんで、プラテーロを連れてきてもらうことにした。

晴れわたった野原を馬で走る楽しさよ！　海辺の湿地はほほえみ、割れたガラスのようなしおだまりは太陽をうけて金色をおび、風車をうつしている。さっそうと早がけする馬たちにとりのこされまいと、〈トント〉をのせたプラテーロはリオティントにむかう汽車のように、いつもの何倍も足を速めなければならなかった。と、突然、銃声のような音がひびいた。プラテーロの鼻面がおしりをかすめたのにいらだって、葦毛の馬がいきなり後ろ脚で足蹴をおみまいしたのだ。だれも気にとめなかったが、プラテーロの前脚から血がしたたっているのがぼくの目に入った。ぼくは馬からおりて、小さな木切れとたてがみで、プラテーロの切れた血管を押さえてやった。それから、家に連れてかえるよう〈トント〉にたのんだ。

〈トント〉とプラテーロは、ひあがった川床をたどって、のろのろと悲しげに村に帰っていった。華麗に走る馬たちのほうを何度もふりかえりながら。

牧場からもどって見にいくと、プラテーロはしょんぼりして痛々しかった。

「わかっただろう、きみはおとなと出かけるのはむりなんだよ」ぼくはささやきかけた。

＊1　「焼き印」は、どこの牛かを示すために押す。
＊2　スペイン語で「ばか」の意味。

55　アスノグラフィア

ある辞書に、こう書いてあるよ。「アスノグラフィア［転義で］皮肉をこめて、ロバのような、の意味」と。

　かわいそうなロバ！　ロバはきみみたいに、これほど善良で、これほど気高く、これほど機転がきくというのに。「皮肉をこめて」だって……？　どうしてだ？　まともな記述ひとつ、きみにはふさわしくないというのだろうか？　ありのままにきみを描けば、春の物語にもなるだろうに。善良な人間をロバとよんで、悪いロバを人間とよべばいい、皮肉をこめて……。だってきみはそんなに頭がよくて、お年よりとだって子どもとだって、川や蝶、太陽や犬、花や月とだって、だれとでもなかよしなのに。しかも我慢強くて、考え深く、うれいをおび、心やさしい。まるで牧場のマルクス・アウレリウス（＊1）だ。

　プラテーロは、ぼくのいうことをまちがいなく理解して、そのやさしくかたい、きらきらした大きな瞳でぼくをじっと見つめる。みどりがかった黒の、小さな凸型をしたその目の天空で、太陽がきらりと小さく光る。ああ、ぼくはきみをきちんと評価していて、あの辞書を書いた人たちよりもずっと上等で、きみと同じくらい善良だと、もしゃもしゃのその牧歌的な頭が知っていたらな。

そして、ぼくは辞書の余白に書きこんだ。「アスノグラフィア〔転義で〕もちろん皮肉をこめて、辞書を執筆するろくでもない人間のような、の意味」と。

＊1　一二一〜一八〇。ローマ帝国第一六代皇帝で哲学者。『自省録』の著者。

56 聖体の祝日（＊1）

菜園からの帰り道、泉通りにさしかかると、小川のところで三度聞こえていたブロンズの鐘が祝日のはじまりを告げ、白い村をゆり動かしている。昼の空に黒く見える打ち上げ花火の破裂音と、金管楽器の騒々しい音色にまじって、鐘がくりかえしうち鳴らされる。

白壁と黄土色の縁取りを塗りなおした町は、ポプラとカヤツリグサの衣をまとい、すっかりみどりにそまっている。窓辺には、赤いダマスカス織や、黄色いローン、空色のサテンの布がはためき、喪中の家には、黒いリボンを結んだまっ白いウールの布がかけられている。教会の前の道の、いちばんはずれの家をまがったところから、ゆっくりと、鏡をはりあわせた十字架が現れる。十字架は傾きかけた午後の陽ざしを受けて、バラ色のしずくをしたたらせる赤いろうそくの光を集めている。赤い旗には、ロールパンをかかえたパン屋の聖人、聖ロケ。黄みどり色の旗には、銀の船に乗った船乗りの聖人、聖テルモ。黄色い旗には、くびきにつないだ二頭の牛をひきつれた農夫の聖人、聖イシドーロ。色とりどりの旗と聖人たちがまだまだつづく。幼いマリアに勉強を教える聖アナ、黄土色の衣の聖ヨセフ、青い無原罪の聖母……。警官に護衛されて、とうとうキリストの聖体をのせた台がやってくる。赤い麦の穂と、まだ熟していないエメラルド色のぶどうの図案の金銀細工の透かし彫りをほどこされた台が、空色の香の煙に包まれてしずしずと進む。

アンダルシアなまりのラテン語で詩篇を唱える声が、暮れゆく夕べの空に清らかにのぼっていく。川通りから低くさしこむ、すでにバラ色になった夕日が、助祭や従者の金のししゅうをほどこした重い祭服に反射している。上空の、夕日に赤くそまった塔のむこうでは、六月のおだやかな夕刻の、なめらかなオパールの空を背景に、ハトたちが白くかがやく大きな花飾りを織りあげている。

ふとおとずれた静けさのなかで、プラテーロがいななく。そののどかな鳴き声は、鐘の音と、花火と、ラテン語の祈りと、ちょうどまたはじまったモデストの楽隊の演奏ととけあって、ふいに、聖体の祝日の晴れやかな神秘となる。そして、その声は空にのぼってやわらぎ、地におりてきて神聖なものになる。

＊1　三位一体の祝日のあとの最初の木曜日に祝われるカトリックの祝日。

57 散歩

スイカズラの可憐な花がたれさがった夏の野道を行くのは、なんとこころよいことか。ぼくは本を読み、歌い、空にむかって詩を口ずさむ。プラテーロは日かげの土手にわずかにはえている草や、ほこりをかぶったアオイの花、黄色いカタバミをかんでいる。歩いている時間よりも立ち止まっている時間のほうがはるかに長い。ぼくはプラテーロをすきにさせる……。

こうこつとしたぼくの目が射ぬく、青い、青い、青い空が、たわわに実をつけたアーモンドの木々の上に高く広がる。野原全体が音もなく燃え、輝いている。川はなぎ、小さな白い帆はずっと動かない。丘に目をやれば、火事の煙がたちのぼり、もくもくと黒い雲がふくらんでいる。

けれども、ぼくらの散歩はとても短い。山あり谷ありの人生の中の、おだやかで無防備な一日のようなもの。神々しい空も、川が注ぐ外海も、炎がもたらす悲劇もそこにはない。

オレンジの花の香りに包まれ、明るく涼やかな水車の金具の音が聞こえると、プラテーロが鳴き、楽しげに体をはずませる。なんと素朴な、日々の喜びだろう！　用水池にたどりつくとぼくは、その雪のように冷たい水をコップに満たし、のどをうるおす。プラテーロは暗い水のあちこちに口を沈め、いちばんすんだところの水をごくごくと飲んでいる……。

58 闘鶏

このいやな気持ちを何にたとえたらいいのだろうね、プラテーロ。海や青い空にひるがえるスペインの国旗(*1)のうるわしさとかけはなれた、どぎつい赤と金色。そう、たぶん、ウエルバからセビーリャにむかう列車の駅舎のような、ムデハル様式(*2)の闘牛場の青空にはためく国旗と同じだ……。ガルドス(*3)の本や、タバコ屋の看板、アフリカとの戦争を描いた低俗な絵の中に出てくる、おぞましい赤と黄色……。金地に焼印をあしらったトランプや、タバコやレーズンの箱の安っぽい絵、ワインのラベル、プエルトの学校の賞状や、チョコレートのおまけのカードを見ると、きまってわきあがってくるのと同じ不快感だ……。

どうしてぼくはあんなところに行ったのか。だれに連れていかれたのか。冬の真昼は、モデストの楽団のコルネットのように暑苦しかった……。若いワインやチョリソくさいゲップやタバコのにおいがした……。国会議員が、村長と、リトリという、ウエルバ出身の血色のいい太った闘牛士をひきつれていた。闘鶏場はみどり色でちっぽけだった。木の囲いのまわりからのりだすようにして、興奮した顔が並んでいる。その顔は、荷車にのせられた牛や屠畜場の豚のはらわたのようにまっ赤に上気し、暑さとワインと野卑な衝動にかりたてられて目がぎらぎらしている。その目から怒声がとびだす……。暑く、何もかもが――闘鶏の世界は、なんとちっぽけなのか！――閉じられていた。

　高い空から照りつける太陽。たえずうっすらと紫煙がかかって、曇りガラスごしに見ているような陽ざしのもと、あわれな二羽のイギリスおんどり、みにくい化け物のような二つの真紅の花が、相手の目をねらってとびあがっては、人間の憎悪をつきたて、レモンだか毒だかを塗ったけづめでひきさきあっていた。まったく音をたてずに、何も見ず、そこにいさえしない……。

　だが、ぼくは、なぜそんなところに、そんな醜悪な場所にいたのだろう。わからない。ときおりたまらなくなって、川岸通りから見える船の帆のように風にゆれるやぶれた薄布のあいだから、すこやかなオレンジの木を見やった。外のすみきった陽ざしの中、オレンジはみっしりと白い花をつけ、香りたっていた。花咲くオレンジの木や、すみきった風、高い空の太陽になれたらどんなにいいだろう――ぼくの心は香りで満たされる。

　……それなのに、ぼくは立ち去らなかった……。

＊1　スペインの国旗は、横に赤・黄・赤が三段に並んでいる。
＊2　キリスト教建築の中にイスラムの伝統がまじった、スペインの建築様式。
＊3　十九世紀スペインの国民的作家ベニート・ペレス＝ガルドスのこと。

59

夕暮れ

疲れて平和に家路をたどる、村のたそがれどき、遠くに見えるものは何だろうと、忘れかけたおぼろげな記憶をたどるのは、なんと詩情をそそることか。その魔法が伝染すると、さびしく長い物思いにとらわれて、村じゅうが足をとめる。

滋養のある、きれいな麦粒のにおいがする。さえわたる星のもと、脱穀場に積まれた、やわらかな黄色い山がぼんやりと見える。ああ、古代イスラエルの王ソロモンよ(*1)。つかれて眠たげな農夫たちが歌を口ずさむ。夫をなくした女たちは家の戸口にこしかけ、裏庭のすぐむこうで眠る死者を思う。子どもたちは、枝から枝へと飛び移る小鳥のように、影から影へとかけまわる……。

石油ランプで赤くそまりはじめた貧しげな家々の白い壁にあわい光が暮れのこるなか、土気色をした痛々しいぼんやりとした人影が、押しだまってとおりすぎる。はじめて村にきた物乞いか、畑にむかうポルトガル人か、ひょっとして泥棒か。見なれたものを包みこむ、ゆったりしたうすむらさきの神秘的なたそがれのおだやかさとは対照的な、暗い不気味な影……。子どもたちが逃げていき、明かりの届かない扉のかげで男たちが話しこんでいる。「肺病やみの王女の薬にするために、子どものあぶらを集めているんだ」と……。

＊1　旧約聖書の雅歌七章三節にある「腹はゆりに囲まれた小麦の山」という、ソロモンの王国のゆたかさをうたった文章に由来する。

60 スタンプ

そのスタンプは時計の形をしていたんだよ、プラテーロ。銀のケースを開くと、むらさきのインクの布(ぬの)に押(お)しあてられて、小鳥が巣から飛びだすように現(あらわ)れた。ぼくの青白いうすい手のひらに押(お)しつけて、

フランシスコ・ルイス モゲール

という文字が出てきたときの感激(かんげき)といったら!
カルロス先生の学校の友だちが持っていたそのスタンプに、ぼくはどれほどあこがれた

ことか。うちの古い書き物机の上で見つけた活字セットで、自分の名前のスタンプをつくってみたけれど、きれいにできず、しかもうまく押せなかった。フランシスコのスタンプなら、本にでも壁にでも肌にでも簡単に、

フランシスコ・ルイス
モゲール

という文字が押せたのに。

ある日、セビーリャの宝石商アリアスといっしょに、文房具の行商人がうちにやってきた。定規やコンパスや色とりどりのインクやスタンプに、ぼくは夢中になった。ありとあらゆる形の、大小さまざまなスタンプがあった。ぼくは貯金箱を割って、出てきた五ペセタ（＊1）で、自分の名前と村の名のはいったスタンプを注文した。それからの一週間の長

かったこと！　郵便馬車が着くたびに、胸が高鳴った。雨の中、配達夫の足音が遠ざかっていくとなみだがにじんだ。とうとうある晩、荷物が届いた。鉛筆にペンに封蝋（＊2）用のイニシャルなど、あれこれ道具が入ったコンパクトなセットの中から、ふいに、真新しい、ぴかぴかのスタンプが現れた。

スタンプが押されていないもの、ぼくのものではないものは、うちじゅうにひとつもなくなったよ！　スタンプをかしてくれとたのまれると――すりへらないように、気をつけて！――心配でたまらなかったものさ。次の日、ぼくは、

フアン・ラモン・ヒメネス

モゲール

という文字を、本にも、うわっぱりにも、ぼうしにも、靴にも、手にも、何もかもに押して、喜びいさんで学校に持っていったよ。

＊1　スペインの昔の通貨の単位。
＊2　当時、手紙に封をするとき、ろうを落としてはりつけることがあった。

6/ 母犬

プラテーロ、これから話すのはね、射撃の名手のロバトが飼っていためす犬のことだよ。どの犬かわかるよね。海辺の平原に行くときに何度も見かけたことがあるだろう？　五月の曇った夕空のような、金色と白の犬だ……。あの犬が子犬を四匹うんでね、その子犬を牛乳屋のサルーがマードレス橋のたもとの小屋に連れていってしまったんだ。サルーの息子が死にかけていて、医者のルイス先生に、子犬のスープをやるようにいわれたから。ロバトの家からマードレス橋までどのくらいあるか、きみも知っているよね……。

ロバトの犬はね、プラテーロ、その日、一日じゅう気がへんになったかのように、門から出たり入ったりしては道をながめて、土手にのぼったり人のにおいをかいだりしていたらしい。夕べの祈りの時間になっても、かまど通りの門番小屋のところで、石炭の袋にのっかって、西空にむかって悲しげに遠ぼえをしていた。

ロバトの家のある中央通りからマードレス橋までどのくらいあるか、きみはよく知っているよね……。犬は夜のあいだに、四回も行ったりきたりして、一回に一匹ずつ、子犬を口にくわえて帰ってきたのだよ、プラテーロ。夜が明けて、ロバトが門をあけると、犬がやさしい目をして、ロバトを見あげていたのだそうだ。ぱんぱんにはったピンク色のおっぱいに、ふるえながらしがみついている子犬を四匹全部ぶらさげてね……。

62

彼女とぼくたち

プラテーロ、もしかしたら彼女は、陽ざしをあびたあの黒い列車でどこかに去っていこうとしていたのかもしれないね。高い線路を通って白い雲を切りさき、北へとむかうあの列車で。

ぼくはきみと、下の小麦畑にいた。黄色く波うつ小麦畑では、七月が灰色のかんむりをかぶらせたアマポーラの花があちらこちらで赤い血をしたたらせていた。そして、列車は、空色の蒸気の雲――おぼえているかい――で一瞬、太陽と花たちをさびしくかげらせ、虚無へとむなしく走り去った……。

黒いベールでおおわれた、小さな金髪の頭……！　それは、列車の窓の額縁がつかのまとらえた、まぼろしの肖像のようだった。

彼女は思ったかもしれないね。「あの黒い服を着た男の人と銀色の小さなロバはだれかしら」と。

だれかしらって？　ぼくたちだよね、プラテーロ。

63 スズメたち

サンティアゴの日（＊1）の朝は、綿でくるまれたように白と灰色に曇っている。みんなミサに出かけていった。スズメたちとプラテーロとぼくは、庭に残った。

スズメたち！　ときおり霧雨を降らせる丸い雨雲の下で、からんだツタのあいだから出たり入ったり、さえずったり、くちばしでつつきあったりしているよ。とまったかと思うと、枝をゆらして飛びたつもの、井戸の縁石のところの小さな水たまりにうつったちっぽけな空をのみほすもの、雨もようの天気で息をふきかえした花でいっぱいの物置の屋根に飛び移るもの。

きまった祝日をもたない、幸せな鳥たちよ！　生まれながらにして、いつも変わらないほんものの自由を生きるスズメたちには、鐘の音はそこはかとない幸福を告げるだけだ。不幸な義務はなく満ちたりて、奴隷と化したあわれな人間を叱咤激励するオリンポスの山（＊2）も地獄も持たない。自分なりのことわりと青という神しか持たない、ぼくの兄弟、心やさしい兄弟だ。

お金もかばんも持たずに旅をして、気がむけばひっこす。川や茂み(しげ)を予測(よそく)して、翼(つばさ)を広げれば幸福を手にいれられる。今日が月曜か土曜かも知らない。どこでもしじゅう水浴びをし、名前なしに愛し、わけへだてなく愛される。

そして、人びと——あわれな人びとよ！——がドアに鍵(かぎ)をかけ、日曜日のミサに出かけていくとき、スズメたちはきまりごとのない愛のほがらかな手本となって、すがすがしくはつらつとさえずりながら、しめきられた家の庭にふいにやってくる。おなじみの詩人と小さなあどけないロバが——きみもいっしょにいるよね、プラテーロ？——兄弟愛をこめて見守る庭に。

＊1　七月二十五日。
＊2　ギリシャ神話に出てくる神々がすむとされる山。すばらしいもののたとえ。

64 フラスコ・ベレス

今日は外に出られないよ、プラテーロ。

「高貴なる町、モゲールの街路を、しかるべき口輪をつけずに通行する犬はみな、当局により射殺されるべし」

という村長のおふれを、書記官広場で見たんだ。

つまりね、プラテーロ、狂犬病にかかった犬が村をうろついているということだ。昨日の晩、モントゥリオや城山地区や城壁通りのほうから、フラスコ・ベレス村長が組織した〈移動夜警団〉の銃声が、いくつもいくつもいくつも聞こえてきた。

狂犬病の犬なんていない、いない、前の村長が〈トント〉に幽霊のかっこうをさせたのと同じで、村長は銃声で人を追っぱらって、リュウゼツランやイチジクの酒を運びこもうとしているのだと、おばかさんのロリージャは、あちこちの戸口や窓をのぞいてはふれまわっている。だけど、ほんとうに狂犬病の犬がいて、きみにかみついたらどうする？　プラテーロ、そんなこと、考えたくないよ！

65
夏

プラテーロはアブに刺されたところから、どろりとした黒ずんだ血をしたたらせて歩いている。セミが松の木でのこぎりをひいているが、けっして切りたおせない……。一瞬深い眠りにおち、はっと目をあけると、焼けるような暑さのなかで、白くひんやりとした砂地の景色がまぼろしのようにぼくをとり囲んでいる。

岩バラのしげみには、薄紙の花びらに真紅のなみだのしずくをのせた、煙のような白い花の星がちりばめられている。たちこめたもやが、背の低い松の木を白く包みこむ。黒い斑点のある、見たことのない黄色い鳥が一羽、鳴きもせず、いつまでも枝にとまっている。

畑番たちが、しんちゅうの鍋をたたいて、オレンジ畑におりてくる空色のオナガのむれを追いはらっている……。大きなクルミの木陰にたどりつくと、ぼくはスイカを二つ切る。すずやかな音とともに、深紅とバラ色の霜のような果肉があらわれる。村の夕べの祈りを遠くに聞きながら、ぼくは自分のスイカをゆっくりとたいらげる。プラテーロは甘い果肉を、水のようにがぶがぶ飲みつくす。

66　火事

早鐘が鳴る！　三回、四回……。

「火事だ！」

ぼくたちは夕飯をほうりだし、胸を騒がせながら無言のまま、暗くせまい木の階段をのぼって屋上に出た。

「ルセナの畑のほうよ！」まだぼくたちが夜空の下に出ないうちに、先にのぼったアニージャがさけんだ。カン、カン、カン、カン！　上に出ると――大きく息をつく！――、鐘の音がかたく鮮明にぼくたちの耳をうち、胸をしめつける。

「大きいぞ、大きい……。ぼうぼう燃えている」

ほんとうだ。遠い炎はじっと動かず、松の木が並ぶ黒い地平線にくっきり切りとられている。黒と朱色のエナメルのようだ。ピエロ・ディ・コジモ（＊1）の『狩りの場面』に赤と黒と白だけで描かれた火とそっくりだ。炎は、ときに輝きを増し、ときにのぼったばかりの月のようなあわいバラ色になる……。八月の夜は高く動かない。火はまるで夜の一部となって永遠にそこにあるかのようだ……。流れ星がひとつ、夜空を半分横切り、修道女広場の上で青に溶けていく……。いつしかぼくは自分の内に入りこむ……。

下の裏庭からひびくプラテーロの鳴き声で、ぼくは現実にひきもどされる……。みな、もう下におりていた……。ぶどうの収穫期にむかうおだやかな夜が、悪寒とともにぼくを傷つける。おさないころ、野山に火をつけにくると信じていた、〈悪知恵のペペ〉に似た男――さながらモゲールのオスカー・ワイルド（＊2）だ――が、すぐそこを今、通りすぎた気がする。日に焼け、白髪まじりのちぢれっ毛をし、黒いジャケットに茶色と白のチェックのズボンをはき、ポケットいっぱいにジブラルタル産の長いマッチを入れた初老の男が。

＊1　一四六二～一五二一。イタリアの画家。
＊2　一八五四～一九〇〇。イギリスの作家。

67 小川

馬の牧場に行くときに通る、ひあがったこの小川はね、プラテーロ、ぼくの黄ばんだ古い記憶のノートの中では、野原にあるふさがれた井戸の脇を流れて、陽をあびたアマポーラを岸辺に咲かせ、スモモの実をうかべていることもあれば、連想や類推から、心のおもむくまま、実際にはない、どこか遠い空想上の場所に移動してしまっていることもある。

プラテーロ、この小川について新しいことを発見するとうれしくて、子どものぼくの空想は、陽ざしをうけたトビのようにきらきらとはれやかに輝いたものだった。この川が、ポプラが歌う木立のところで聖アントニオ街道を横ぎるのと同じ川だということ、夏にかわいた河床を歩くと、ここにたどりつくこと、冬にポプラのところでコルクの船をうかべたなら、雄牛が通るときの避難所になるアングスティアス橋の下を通って、ザクロの木のところまで流れつくこと、そういったことを知ったときには。

子どもの想像力はすばらしいね、プラテーロ。きみがそんなふうに空想するか、したことがあるかはわからないけれど、喜びは入れかわりたちかわり、来ては去ってゆく。すべては見えるが、見えない、つかのまの幻影でしかない……。自分の内でも外でも、人は半分しかものが見えない。ときには、魂の暗がりの中でそれまで大事にしてきたものをぶちまけてしまうこともあれば、日ざしをうけて一輪の花のように花開いた詩を、真実の岸辺におくこともある。けれども、その輝く魂の詩は、あとからは二度と見つからない。

68 日曜日

すべての青が水晶のようにすみわたった祝日の朝空に、にぎやかに鐘を鳴らして触れまわる声が、近く遠く、ひびきわたる。草の枯れかけた野原は、ふりそそぐはなやいだ音色で金色にそまるようだ。

畑番にいたるまで、村じゅうが祭りの行列を見に出はらった。残ったのは、プラテーロとぼくだけ。なんという平穏！　なんという清らかさ！　なんというこころよさ！　ぼくはプラテーロを上の草場に残して、逃げようとしない小鳥を枝じゅうにとまらせた松の木の下に寝ころび、本を読む。オマル・ハイヤーム（＊1）を……。

九月の朝の内からわきあがるものが、鐘の音と鐘の音のあいだの静寂のなかで音と形をとる。黒と金の縞もようをしたスズメバチが、みずみずしいみどりの房をたわわにつけたぶどう棚のまわりを飛び、蝶は花にまぎれ、舞うたびに色を変えて生まれかわる。光の思索にも似た孤独のひととき。

ときおりプラテーロは草をはむのをやめ、ぼくを見る……。ときおりぼくは本から目をあげて、プラテーロを見る……。

＊1　一〇四八～一一三一。ペルシャ（イラン）の詩人。『ルバイヤート』で知られる。

69

コオロギの歌

夜、そぞろ歩きをするプラテーロとぼくは、コオロギの歌をよく知っている。

たそがれどきに歌いだしたときの声は、まだ小さくかすれてたよりない。時と場所との調和をさぐるかのように調子をかえていくうちに、しだいに音量を増して、よいところにおさまっていく。すきとおったみどりの空に星々が輝きだすころには、ふいに、自由な鈴の甘美な調べになる。

うすむらさきのさわやかな風が行き来する。天と地の青い牧場が混じりあい、夜の花がすべて開き、えもいわれぬ清らかな香りがただよう。そして、コオロギの歌はますます高まり、野原じゅうを満たす。さながら夜が歌っているようだ。もはやたどたどしさはなく、とぎれることがない。自然にあふれだすように、黒水晶の双子の兄弟となって歌声が歌声をよぶ。

おだやかに時が過ぎゆく。この世に戦争はなく、農夫は高い空を夢見てぐっすりと眠る。愛は、塀にからんだツタのかげで、うっとり目と目を合わせているのだろう。ソラマメの畑は、無邪気であけっぴろげで自由な若者たちのように、ほのかな香りの伝言を村へと送る。そして、月明かりを受けてみどりの小麦は波うち、二時、三時、四時の風にささやきかける……。あれほどひびきわたっていたコオロギの歌は消えさった……。

いや、まだだ！　明け方、プラテーロとぼくがふるえながら寝床をめざし、夜露に白くぬれた小道を行くときにもコオロギは歌う！　ほんのり赤らんだ眠たげな月が沈む。月と星々によいしれたコオロギの歌は、ロマンチックで神秘的でおびただしい。そのとき、さびしい青むらさきにふちどられた陰気な雲が、海からゆっくりと朝日をひきだす……。

70 闘牛

あの子たちがどうしてうちに来たのか、知っているかい、プラテーロ？　今日の午後闘牛に出る牛のおりの鍵をもらいにいくとき、きみを連れていきたくてさそいにきたんだ。でも、安心おし。そんなことはまちがってもさせないと、いってやったから。

みんなどうかしているよ、プラテーロ。村じゅうが闘牛で色めきたっている。朝から酒場の前で演奏している楽団は、今や調子っぱずれでてんでばらばらだ。新道通りを馬車や馬が行きかう。そのむこうの路地に入ると、子どもたちの大すきな黄色い馬車、カナリア号が、闘牛士たちをのせようと待ちかまえている。主賓の女性たちにおくろうと摘まれて、パティオには花が一本も残っていない。つば広の帽子をかぶって、まっ白いシャツを着た若者たちが、葉巻をくわえ、馬小屋と安酒のにおいをぷんぷんさせてふらついているのは見るにたえないね……。

プラテーロ、二時ごろ、太陽が照りつける孤独なひととき、昼間にぽっかりとあいた明るい空白の時がきたら、闘牛士や女性たちが着替えをしているあいだに、きみとぼくはいつわりの扉から出て、去年と同じように野原に行こう……。

　祭りのあいだ、だれもやってこない野原の美しいことといったら！　畑にもぶどう畑にも、まだすっぱいぶどうの木やすんだ小川にかがみこんでいる老人くらいしか見あたらない……。遠く村の上空には、闘牛士が牛をかわすときのかけ声や、拍手や、闘牛場の音楽が下品なかんむりのように立ちのぼっているけれど、海のほうに遠ざかるにつれて聞こえなくなる……。すると魂はね、プラテーロ、その感情とすこやかで偉大な大自然のおかげで手にしたものの、ほんとうの女王になったと感じるんだ。そして、大切にされた自然は、永遠のきらめきをたたえた美しい光景を、それにふさわしい者にさしだすのだよ。

7/ 嵐

恐怖。とめた息。冷たい汗。重くたれこめたあやしい空が夜明けののどをしめつける。(どこにも逃げ場はない)。静寂……。愛が止まる。罪がふるえる。後悔が目をつぶる。さらなる静寂……。

耳をろうする、いつ果てるともしれない雷鳴が、止まらないあくびのように、村のてっぺんからころげおちる巨大な岩のように、人けのない朝にとどろきわたる。(どこにも逃げ場はない)。花や鳥など、弱いものはすべてなりをひそめる。

悲劇的に照らしだされた神を、おびえは半開きの窓からおずおずと見る。東の雲の切れ目から、うすむらさきとバラ色がちらりとのぞくが、冷たくさびしくうすよごれた色は漆黒に勝てない。まだ朝の四時であるかのように暗い街角で、土砂降りの雨のなか、六時の乗合馬車がたたずみ、御者は恐怖をふりはらおうと歌を口ずさむ。それから、ぶどうのとりいれ用の荷車が、からっぽのまま先を急ぐ……。

アンジェラスの鐘だ！　こわばって見すてられたアンジェラスが、雷鳴をぬってすすり泣く。この世の終わりの鐘か？　早く鳴り終えてほしいと思う一方で、もっと大きく、もっと高らかに鳴って、雷鳴をかき消してほしいとも思う。人びとは逃げまどい、泣き叫び、自分が何をしたいのかわからない……。

（どこにも逃げ場はない）。心がこわばっている。そのとき、あちらこちらから子どもたちの声がする……。

「プラテーロはどうしてる？　ひとりぼっちで裏庭の馬小屋にいるんでしょ？」

72　ぶどうの収穫

プラテーロ、今年はぶどうを積んでくるロバがずいぶん少ないね。「六レアル」（＊1）と大きな字ではり紙がしてあるのに。ルセナやアルモンテやパロスからやってきていたロバたちは、どこに行ってしまったのだろう。きみがぼくをのせるように、濃い果汁が血のようにしたたる黄金のぶどうを、背中にどっさり積んでいたロバたちは？　圧搾場で荷おろしをするのを何時間も待っていた、あの馬たちは？　ぶどうのしぼり汁が村じゅうをかけまわり、女や子どもが、かめやつぼを満たしていたのに……。

あのころは、どこのワインの醸造所も活気にあふれていたね、プラテーロ。ディエスモの醸造所では、屋根まで枝をのばした大きなクルミの木の下で、職人たちが歌いながら、すがすがしい音をたてて鎖で酒樽を洗っていた。ぶどう液をうつしかえる職人は、はだしになって、牛の血のようにぶくぶく泡立つ、ぶどうのしぼり汁のつぼをかかえあげていた。奥では、はりだした庇の下で、樽職人がさわやかな香りのかんなくずにまみれて、心地よい音をひびかせていた……。ぼくは馬のアルミランテにのって一方のドアから入って、職人たちにあたたかく見守られながら、もう一つのドア——二つの陽気なドアは、たがいに景色と光を見せあっていた——から出ていった。

職人たちは昼も夜も休みなく、二十桶ものぶどうを踏んだものだった。目をまわしそうになりながら、わいわいと楽天的な熱気をみなぎらせて。なのに今年はね、プラテーロ、どの醸造所の窓もぴったり閉ざされて、裏庭で二桶か三桶踏んだらおしまいだ。

よし、プラテーロ、何かしよう。いつもぶらぶらしているわけにいかないよ。

荷物を背負ったほかのロバたちが、何もしていないプラテーロをじっと見ていたから。プラテーロが悪く思われたりうらまれたりしないように、となりの作業場でぶどうを積んで、彼らのあいだをゆっくりと歩かせて圧搾場に連れていこう……。そのあとは、こっそりと外に連れだそう……。

＊1　レアルは二十五センチモの銅貨。ある量のぶどうを六レアルで買いとるという意味と思われる。

73 夜想曲

祭りでにぎわい、空が赤く明るんでいる村から、そよ吹く風にのって、郷愁に満ちた苦々しいワルツが聞こえてくる。むらさきや青や麦わら色にゆれるうす闇のなか、村の塔は閉ざされ、蒼ざめ、かたく、だまりこくっている。遠く、町はずれの暗いワイン醸造所のむこうの川に、黄色い眠たげな月がひっそりと沈んでいく。

野原には木々と、その影があるだけ。鳴きつかれたコオロギの声、隠れた水が眠りながらするおしゃべり。星がくだけたかのような、しっとりとなま暖かい風……。プラテーロが、ぬくもった馬小屋からさびしげに鳴く。

めすヤギがまだ起きているのだろう。しきりに鳴っていた首の鈴の音が小さくなり、とうとうだまりこむ……。遠く、モンテマジョールのほうで、べつのロバが鳴く。それから、バジェフエロのほうでも……。犬がほえる……。

夜は明るく、昼間と同じように、庭の花のとりどりの色が見える。泉通りのはずれの赤くにじむ街灯の下で、孤独な男が角を曲がる……。ぼくかって？　いや、ぼくは月とライラックと微風(びふう)と影(かげ)がつくる、金色にゆらめく、香(かお)り高い空色のうす暗がりの中で、これまでになく深く自分の心に耳をかたむけている……。

地球がまわる。汗(あせ)ばんで、おだやかに……。

74 サリート

あかね色の午後、ぶどうの収獲のために川べりの畑にいたら、黒人の男がぼくのことをたずね歩いていると、女たちが伝えにきた。

作業場にむかうと、もうむこうからその人物がやってきた。

「サリート！」

サリートは、ぼくのかつての恋人、プエルトリコ（＊1）出身のロサリーナの家の使用人だった。旅まわりの闘牛士になろうと、真紅のケープを肩にセビーリャをとびだし、すきっぱらをかかえてお金も持たず、ニエブラから歩いてやってきたのだった。

ワイン職人たちは軽蔑もあらわに、見て見ぬふりをしながらようすをうかがっている。女たちは、そうしたいからというよりも男たちの目を気にして、サリートをさけていた。さっきサリートがぶどうの踏み桶のところをとおりすぎたとき、若い職人の一人とけんかになったからだ。職人にかみつかれて、サリートは耳が切れてしまっていた。

ぼくはにっこりし、気さくに話しかけた。サリートは気おくれから、ぼくに触れることもできずに、そこらでぶどうを食べていたプラテーロをかわりになでていたが、そのうちに気高くぼくを見つめた……。

＊1　カリブ海の島にあるアメリカ合衆(がっしゅう)国自由連合州。スペイン語が話されている。

75 最後の昼寝

イチジクの木の下で目覚めたとき、色のさめた午後の黄色い太陽は、なんと悲しく美しいのだろう。

岩バラの甘い香りのとけこんだかわいた風が、汗ばんで目覚めたぼくをそっとなでる。心やさしいイチジクの古木の大きな葉がかすかにゆれて、ちらちらと木もれ日がさしこむ。ひなたから日かげへ、日かげからひなたへと、やさしくゆりかごをゆらすように。

遠く、ひっそりとした村で、すきとおった空気の波を追いかけて三時の鐘が鳴り、夕べの祈りのはじまりを告げる。さっき、まっ赤な甘い霜のようなスイカをぼくから横どりしたプラテーロは、鐘の音を聞きながら立ちつくし、ためらいがちな大きな目でぼくを見る。その目のなかを、みどりのハエが一匹はっている。

プラテーロのけだるい目を前にして、ぼくの目はふたたび力をうしなっていく……。そよそよとまた風が吹く。飛ぼうとしたとたん、羽が折れた蝶のように……。羽……、ふっと閉じてしまう、ぼくのたよりないまぶた……。

76 花火

催しのある九月の晩になるとぼくたちは、畑の小屋の裏手にある丘にのぼったものだった。ため池の月下香の香りのなかで、心静かに村のにぎわいを感じていたくて。ぶどう畑の番人ピオサは、よっぱらって作業場の地面にへたりこみ、月にむかって何時間もほら貝を吹いていた。

夜がふけ、花火がはじまる。最初は、くぐもったいくつかの小さな破裂音。つづいて打ち上げ花火が、ため息とともに空の上で開く。一瞬赤、むらさき、青にそまった野原を見おろす星の瞳のようだ。それから、背をまげた裸の乙女か、光の花をしたたらせる真紅のしだれ柳のように、光の雨がふる。光輝くクジャク、空に広がる明るいバラの花園、星の庭園を飛ぶ炎のキジ！

プラテーロは、花火の音がするたびに、青、赤、むらさきの光に照らされ、ふるえていた。丘におちる影を大きくしたり小さくしたりするゆらめく光のなかで、おびえてぼくを見あげるプラテーロの黒い目が見える。

そのとき、遠い歓声とともに、黄金のかんむりがくるくるまわりながら空にあがり、とどめをさすように大音響がとどろいた。女たちが目を閉じ、耳をふさぐほどの轟音に、プラテーロは、悪魔に追われるようにぶどうの木のあいだに逃げこみ、闇に包まれた静かな松の木立にむかって、どうかしたかのように鳴いていた。

77 植物園

ウエルバに来たので、プラテーロに植物園を見せてやりたくなった。フェンスにそって、まだ葉をゆたかにしげらせているアカシアとプラタナスの心地よい木陰をゆっくりと歩いた。歩道の大きな敷石に、プラテーロのひづめの音がひびく。水がまかれた歩道は陽ざしに輝き、ところどころに青い空を映している。散りしいた白い花びらが、ほんのり甘い香りをはなつ。

フェンスにからまったみどりのツタから水がしたたり、水にうるおった園内から、さわやかなみどりのにおいがする。中で子どもたちが遊んでいる。チンチンとにぎやかに鐘を鳴らして、赤むらさきの小旗を立てたみどりのほろのカートが、人の波をぬって走っていく。船の形をしたナッツ売りの屋台は赤と金色で豪華に塗られ、索具にピーナッツをとおして飾り、煙突から煙をはいている。風船売りの女の子は、ふわふわうかぶ青やみどりや赤の大きな風船の束をにぎりしめている。ウエハース売りは、まっ赤な缶の下にへたりこんでいる……。空では、秋がれの木々のあいだに、糸杉やヤシの木がいつもと変わらぬ姿でそびえ、バラ色のうす雲のあいだで黄色い月が輝きだしている。

入場門にたどりつき、中に入ろうとすると、青い服の男によび止められた。黄色い棒とりっぱな銀時計を持った門衛だ。

「お客さん、ロバは入れませんよ」

「ロバって、どのロバですか？」ぼくはこたえ、プラテーロのむこうに目をやった。プラテーロがロバの姿をしているということをすっかり忘れて。

「どのって、そのロバにきまっているでしょう！」

プラテーロがロバだから「入れない」のなら、ぼくは人間だから入りたくない。そこでぼくは、プラテーロをなでて話しかけてやりながら、フェンスぞいに立ち去った。

78 月

プラテーロは、裏庭の井戸ばたで、星の入った水をバケツに二杯、飲みほしたところだ。背の高いヒマワリのあいだをとおりぬけ、心ここにあらずというふうにのろのろと、馬小屋に帰ってくる。ぼくは小屋の入り口の、白く塗られた柱に背中をあずけ、ヘリオトロープの花のかすかな香りに包まれて待っている。

暖かさの残る九月の空気にしっとりとしめった低い屋根のむこうに、遠い野原が眠り、強い松の香りが運ばれてくる。大きな黒雲が、金の卵をうむ巨大なにわとりのように、丘の上に月をうみおとした。

ぼくは月に語りかけた。

……だが、ひとり
空にある月が　沈むところは
夢の中でしか　見た者はいない（＊1）

プラテーロは月をじっと見つめ、やわらかなかたい音をたてて片耳（かたみみ）をゆすっている。そして、ぼうぜんとぼくを見て、もういっぽうの耳もゆする……。

＊1　イタリアの十九世紀の詩人ジャコモ・レオパルディの詩より。

79

喜び

プラテーロが、ディアナと、灰色の年よりヤギと、子どもたちとじゃれあっている。

ディアナは、三日月そっくりの、美しい白いめす犬だ……。

ディアナがプラテーロの前で、首にさげた小さな鈴を鳴らして、すばしこく優美にジャンプし、鼻面にかみつこうとするふりをする。プラテーロは、耳を二本のリュウゼツランのように立て、ディアナにやさしくむかっていき、花咲く草の上にころがす。

ヤギは横からプラテーロの脚にすりより、背中に積まれたガマの穂先をかんでひっぱる。それから、カーネーションかマーガレットを口にくわえて立ちはだかり、プラテーロの額に頭をぶつけ、ぴょんととびはね、女のようなあまえた声でほがらかに鳴く……。

子どもたちの手にかかると、プラテーロはまるでおもちゃだ。調子づいた遊びに、プラテーロはなんとしんぼう強くたえていることか。とぼけてみせているが、子どもたちが落ちないように、休み休みゆっくりと進んでいる。いきなり早足になるふりをすると、子どもたちがどれほどおどろくことか！

モゲールの秋の明るい午後。十月の清浄(せいじょう)な空気はとぎすまされて、牧歌的なヤギの鳴き声と、プラテーロのいななき、子どもたちの笑い声、犬のほえる声、鐘(かね)の音(ね)が、谷からたちのぼっていく……。

80 カモがいく

プラテーロに水をやろうと、ぼくは外に出た。うすい雲のあいだに星が光る静かな夜、裏庭（うらにわ）の静けさをやぶり、次々と風を切って通りすぎていく音がくっきりと、上空から聞こえてくる。

カモだ。しけの海をさけて、内陸を飛んでいるのだ。ぼくたちが空にのぼり、カモたちが地上におりてきたかのように、翼（つばさ）やくちばしのふれあうかすかな音がときおり間近に聞こえる。遠くを行く者の話し声が、野原ではっきりと聞こえるときのように。

プラテーロはときどき水を飲むのをやめて、ぼくと同じように星を見あげる。ミレー（*1）の絵の女たちのように、無限（むげん）のやわらかなあこがれをこめて……。

*1　一八一四～一八七五。フランスの風景画家。

81 小さな女の子

小さな女の子は、プラテーロの大のお気に入りだった。白いワンピースに麦わら帽子をかぶって、「プラテーロ、プラテリージョ！(*1)」とよびながらかけてくるおしゃまな姿がライラックのあいだから見えるなり、プラテーロはちぎれそうなほど綱をひっぱり、子どものようにとびはね、どうかしたかのように鳴いたものだった。

その子は、信頼しきってプラテーロの腹の下をくぐりぬけ、脚をぺちぺちとたたき、黄色い歯が並んだバラ色の口の中に、けがれのないナルドの花のような手を入れた。ときには、手がとどくように背をかがめたプラテーロの耳をつかみ、「プラテーロ、プラテロン、プラテリージョ、プラテレテ、プラテルチョ」と、ありとあらゆる愛称でよびかけた。

その子が白いゆりかごにのって、何日もかけて死にむかって川をくだっていくあいだ、だれもプラテーロのことを思い出さなかった。けれどもその子は、うわごとで悲しげに「プラテリージョ！」とよんでいた……。ため息に満ちた暗い家から、友だちをよぶせつない声がときおり聞こえていた。ああ、うれいの夏よ！

葬儀の午後、神はなんとはなやかにその子をおくりだしたことだろう！　今日のようにバラ色と金色に輝く、九月も終わりに近い午後だった。墓地からの帰り道、落日に開かれた天国への道に鐘が鳴りひびいていた……！　ぼくは一人肩を落とし、塀ぞいを歩いて帰った。勝手口から家に入り、人をさけて馬小屋に行き、プラテーロの横にすわって物思いにふけった。

＊1　「プラテーロ」をもじった愛称。あとのせりふも同じ。

82
羊飼い

むらさきの時刻とともに暗く不気味に変わっていく丘の上で、みどりの水晶の夕空を背に黒いシルエットとなった羊飼いの少年が、金星の神殿のもとで笛を吹いている。村の入り口のいつもの場所で、しばしちりぢりになった羊たちの首で鳴る甘くすんだ鈴の音が、夕闇の中、強い香りでありかを知らせる、姿の見えない野の花にからみつき、いつまでもたゆたっている。

「おじさん、そのロバ、おれのだったらなあ……」

たそがれどき、昼間よりいっそう浅黒く、牧歌的に見える少年は目ざとく、ほんの一瞬のきらめきものがさない。まるで、セビーリャ出身の画家ムリーリョ（＊1）の描く、物乞いの少年のようだ。

ロバをやるだって……？　でも、きみがいなかったら、ぼくはどうしたらいいんだい、プラテーロ。

モンテマジョールの小教会の上に満月がのぼり、昼の明るさがほのかに残る野原に、やわらかな光をふりそそいでいる。花咲く地面は、素朴で美しい夢想のレース編みのようだ。

岩は、いっそうどっしりとさびしげだ。見えない小川の水がすすり泣く。

小さな羊飼いの少年がものほしそうに、遠くからまだ叫んでいる。

「あーあ、あのロバ、おれのだったらなあ」

＊1　一六一七〜一六八二。宗教画で有名なスペインの画家。

83
カナリアが死んだ

あのね、プラテーロ、子どもたちのカナリアが、今朝起きてみたら銀のかごの中で死んでいたんだ。もうずいぶん年をとっていたからね。去年の冬、歌もうたわず、羽の中に頭をうずめていたのを、きみもおぼえているだろう。春になって、あけはなした部屋のように太陽が庭を照らし、いちばんきれいなバラがパティオに咲(さ)いたとき、新しい命をたたえようと、このカナリアもうたったけれども、その声は、こわれたフルートのようにかすれていた。

世話をしていた年長の子が、かごの底で動かなくなった小鳥を見つけて、泣きながらうったえた。

「餌(えさ)もお水も、ちゃんとやってたのに!」と。

そうとも、ちゃんとやっていたよね、プラテーロ。「死んだから、死んだのだ」と、もう一羽の老カナリア、カンポアモール(*1)ならいうだろう。

プラテーロ、小鳥の天国はあるのかな？　黄金のバラが咲(さ)きみだれ、白やピンクや空色や黄色の小鳥の魂(たましい)が集まる、青空の上のみどりの花園は。

ねえ、夜になったら子どもたちときみとぼくとで、死んだカナリアを庭におろそうね。今は満月だから、ブランカの無垢(むく)な手にのせられたかわいそうな小鳥は、さえざえとした銀の月明かりをあびて、黄色いリリオのしおれた花びらのように見えるだろう。大きなバラの木の根元に埋(う)めてやろう。

春になったらね、プラテーロ、白いバラのまん中から小鳥が飛びたつだろう。香(かお)る風がうたう四月の陽ざしのなかで、見えない翼(つばさ)が歓喜(かんき)に満ちてさまよい、純金(じゅんきん)のすみわたった細かいトリルがひっそりとひびくだろう。

＊1　一八一七〜一九〇一。ラモン・デ・カンポアモール。スペインの詩人。

84
丘

プラテーロ、きみは、ロマン主義的かつ古典主義的（＊1）な風情であの丘に寝そべっているぼくを、見たことがあるよね。

……牛や犬やカラスが通りかかってもぼくは動かず、見むきもしない。夜が来て、影にのまれてはじめて、だまって立ち去る。最初にあそこに行ったのがいつだったのかも、ほんとうに行ったのかどうかもわからない。どの丘のことをいっているか、きみはもうわかるだろう？　コバノの古いぶどう畑の上に、男と女の胴体のように横たわっている、あの赤い丘だよ。

ぼくは、ありとあらゆるものをあそこで読み、考えてきた。すべての美術館で、ぼく自身が描いたこのぼくの絵を見てきたんだ。ぼくにも、きみにも、鑑賞する人たちにも背をむけて、黒ずくめの服装で砂地に横たわり、目と西空のあいだに自由に思考をはばたかせているぼくを。

松かさ農園の母屋から、食事だとか、寝る時間だとかと、ぼくをよぶ声がする。ぼくは立ちあがるけれども、もしかしたらまだそこにいるかもしれない。そうだ、きっとぼくはね、プラテーロ、きみと今、ここにいないし、どこにもいない。死んで墓の中にいるわけでもない。ぼくはあの丘で、本を手に、川の上に沈んでいく夕日を見ているんだ。古典主義的かつロマン主義的な赤い丘の上で……。

*1　ロマン主義は情熱や感情にしたがう態度、古典主義は形式や調和にしたがう態度を示している。

85 秋

太陽が、寝床からなかなか出たがらなくなってきて、農夫たちのほうが早起きだよ、プラテーロ。たしかに、太陽ははだかだし、外はひんやりしているからね。

なんてはげしい北風だろう。地面に落ちた小枝をごらん。北風が鋭くまっすぐに吹きつけるので、みんな南をむいてきれいに並んでいるよ。

素朴な武器のような鋤が、平和な農作業にほがらかにいそしんでいるよ、プラテーロ。湿った広い野道では、いつかまた青々としげる木々が今は黄色く色づき、静かに燃える黄金色のたき火のように、足早に歩くぼくたちをそこここから照らしている。

86 つながれた犬

秋のはじめはね、プラテーロ、ぼくにとってはつながれた犬だ。夕方になって冷えこみはじめた、ひっそりとした庭やパティオにつながれて、とおる声で長々とほえつづけている……。日ごとに木々の黄色が濃くなるこの季節になるとね、プラテーロ、どこにいても、そのつながれた犬が夕日にむかってほえる声が聞こえるんだ……。

その声は、まさにエレジー（＊1）だ。なくなろうとしている最後の金貨にとりすがる欲ばりな人間の心のように、この瞬間、命がみな、消えゆく黄金に追いすがる。だが、黄金は、もうあとわずかしかない。子どもたちが鏡のかけらで陽ざしをつかまえ、ちょうや枯葉の形の光を暗い壁にうつしだすように、魂に貪欲にかきあつめられて、そこらじゅうにしまいこまれてしまったから……。

オレンジやアカシアにとまったスズメやクロウタドリは、こずえからこずえへ飛び移り、太陽とともにますます空高くのぼっていく。太陽はバラ色、うすむらさき色に変わる……。鼓動が止まったつかのまの瞬間を、美はとこしえのものにする。永遠に生きたまま死んでいるように。そして犬は、死にゆく美を感じて、鋭く、はげしく、ほえかかる……。

＊1　哀調をおびた、悲しい主題の詩や作品。哀歌。

87 ギリシャ陸亀

兄とぼくは、ある真昼どき、学校から帰るとちゅうの小道でそいつと出会った。八月だったから——プラテーロ、黒に近い、あのプルシアンブルー（＊1）の空といったら！——、なるべく暑い思いをしないですむように、近道をしていたときだ。路地裏の穀物倉の壁ぎわで朽ちかけている、おなじみの黄色い馬車カナリア号で少しだけ影になった草むらに、土にまぎれた無防備な姿でそいつはいた。ぼくたちはびっくりして、いっしょにいたねえやの手を借りてかかえあげ、息をきらして家にかけこみ、大声でさけんだ。「亀だよ、亀がいた！」ひどくよごれていたので水をかけてやったら、まるで写し絵のように、金と黒のもようがうかびあがった。

ホアキン・デ・ラ・オリバ先生や〈みどりの鳥〉さんや、声を聞きつけた人たちは、そいつはギリシャ陸亀だといった。あとで中学校の自然史の授業で、そいつとどこからどこまでそっくりの亀が教科書にその名前とともに描かれているのを見つけたし、その名前が書かれたラベルをはってある大きなガラスびんでホルマリン漬けになっているのも見た。

だから、あれがギリシャ陸亀だったのはまちがいないよ、プラテーロ。

あのときから、その亀はそこらにいる。子どものころ、ぼくたちは亀にさんざんひどいことをした。ブランコにのせてゆらしたり、犬のロールに投げつけたり、何日もひっくりかえしておいたり……。一度など、どのくらいかたいか確かめようと、ソルディトが銃で撃ったこともある。はねかえった弾があたって、かわいそうに、梨の木の下で水を飲んでいた白いハトが死んでしまった。

何か月も見かけなかったと思うと、ふいにある日、木炭の山のところで死んでいるかのようにじっとしているのが見つかる。それか、どぶの中か……。ときには、鳥の巣のまわりにちらばった卵のからで、そこらにいるのがわかる。にわとりやハトやスズメの卵を食べるが、いちばんの好物はトマトだ。ときには春、主のような顔をして裏庭に現れる。ひからびて孤独な永遠の老いから若い枝が芽ぶいたか、あと百年生きようと、自分自身を産みおとしたかのように若がえって……。

＊1　紺青のこと。

88 十月の夕方

夏休みが終わり、黄色く色づきはじめた木の葉とともに、子どもたちは学校にもどっていった。孤独。落ち葉が散り、家は火が消えたようにからっぽになった。まぼろしのなかで、遠い話し声やかなたの笑い声がひびく。

まだ花をつけているバラのしげみの上で、ゆっくりと日が暮れる。夕日が最後のバラたちを照らしだす。夕焼け空にむかってたちのぼる香気の炎のように、夕日に焼かれたバラの香りがたちこめる。静寂。

プラテーロもぼくと同じく退屈して、何をしたらいいかわからない。ためらいがちにぼくにすりよってくる。しまいに安心し、かたくかわいた音をたてれんがの床を踏みしめ、ぼくといっしょに家に入る……。

89 アントニア

小川の水かさが増していた。夏の岸辺を金色に美しく彩っていた黄色いリリオがそこここで水につかり、美しい花びらを一枚、また一枚と逃げてゆく流れにはなっている。

そんなにおめかしをして、アントニージャ（＊1）はどこで川をわたるつもりだったのだろう。川の飛び石は、泥水に沈んでしまっていた。ポプラの土手あたりでわたれないかと、少し上流まで行ったが……、だめだ……。そこでぼくはプラテーロをかしてやろうと、うやうやしく申しでた。

声をかけると、アントニージャはまっ赤になった。灰色の瞳のまわりに無邪気にちらばったそばかすまで赤くそめて。それから、一本の木のほうをむいていきなり笑いだし……、とうとう決心した。手編みのショールを草の上にほうりだし、ちょっぴり助走をつけて、グレーハウンド犬のように軽々とプラテーロにとびのった。両側にたらしたたくましい脚は思いのほか女らしく、粗末なタイツの赤と白の水玉がまるまるとしている。

プラテーロは少し考えてから、あぶなげなくジャンプし、むこう岸におりたった。すると、恥じらいとぼくとのあいだに川をはさんだアントニージャがプラテーロの腹をかかとでけり、プラテーロは、背で揺られる黒髪の娘の金銀の笑い声に包まれて、早足で野原へとかけだした。

リリオの花と、水と、愛の香りがただよっている。

ああ、幸せな馬よ、アントニーの重さをささえるとは！

という、シェイクスピアがクレオパトラ（＊2）にいわせたせりふが、とげのあるバラのかんむりのように、ぼくの思考をしめつけた。

「プラテーロ！」とうとうぼくは声をはりあげた。いらだって、荒々しく……。

＊1　アントニアの愛称。
＊2　シェイクスピアの戯曲『アントニーとクレオパトラ』の登場人物。アントニーと恋愛関係にある。

90 摘(つ)み残されたぶどう

十月の長雨のあとの金色に晴れわたった日、ぼくは女の子たちと連れだってぶどう畑にでかけた。プラテーロは片側(かたがわ)の背(せ)かごに、おやつとみんなの帽子(ぼうし)をいれ、もう一方には、重さがつりあうように、あんずの花のように白くきゃしゃで、ほんのりバラ色のブランカをのせていた。

雨に洗(あら)われた野原の気持ちのよいこと！　小川は水音をたて、畑はふっくらと耕(たがや)され、まだ黄色い葉の残るポプラの木立には、もう黒い鳥たちの姿(すがた)が見える。

突然(とつぜん)、女の子たちが、

「ぶどうだ！　ぶどうだよ！」

と、口々にさけびながらかけだした。

ぶどうの古木にからまったつるに残る黒ずんだ赤い枯(か)れ葉(は)のあいだで、琥珀色(こはくいろ)のぶどうが一房(ひとふさ)、まぶしい陽ざしに照らされている。秋の貴婦人(きふじん)のように、つややかに輝(かがや)くぶどう。みんなほしくてたまらない！　ビクトリアがもいで、背中(せなか)の後ろにかくした。そこで、よこすようにとぼくがたのむと、おとなになりかけの少女が男性に対して示す従順さでさしだしてくれた。

房には、大きな実が五粒ついていた。ぼくは、一つをビクトリアに、一つをブランカに、一つをロラに、一つをペパにやって——子どもたちのものだ！——、最後の一粒は、子どもたちの笑いと拍手につつまれて、プラテーロにやった。プラテーロは大きな歯で、たちどころにぶどうをさらった。

91 アルミランテ（＊1）

きみはアルミランテに会ったことがないよね。きみが来る前に、連れていかれてしまったから。ぼくは彼から気高さを教わった。ほら、馬小屋の棚に、まだアルミランテという名札がついていて、鞍やくつわがおいてあるだろう。

アルミランテがはじめて裏庭に入ってきたとき、どんなにわくわくしたか、わかるかい、プラテーロ。海辺育ちのアルミランテはぼくに、たくさんの力や生気や喜びや活力をくれた。美しい馬だった！　毎日、早朝にアルミランテにのって川ぞいを海のほうへおりていくと、閉めきられた風車小屋にむらがっているカラスたちが飛びたった。それから、街道をのぼり、小刻みな速足で新道通りにはいった。

ある冬の夕方、サン・フアンのワイン醸造所の蔵主ドゥポンさんが、ムチを手にやってきた。客間の小テーブルにお札を何枚かおくと、ラウロのあとについて裏庭に行った。あたりは暗くなりかけていて、ぼくは、ドゥポンさんが馬車にアルミランテをつないで、雨の中、新道通りを去っていくのを、夢の中の出来事のように窓から見ていた。

何日くらい、うちひしがれていたことか。医者がよばれ、ぼくは気つけ薬やら眠り薬やらを出してもらわなければならなかった。やがて、すべてを消しさっていく〈時〉が、ぼくの頭からアルミランテのことを忘れさせてくれるまで。ロールや小さな女の子のことも、いつしか忘れていったようにね、プラテーロ。

そうとも、プラテーロ、アルミランテがいたら、きっときみのいい友だちになっていただろうにな！

＊1 「海軍の大将」の意味。ここでは馬の名。

92 小景

耕されたばかりの黒い畑に平行に走る、しっとりとしたやわらかなうねに、あさみどりの双葉が芽ぶいている。軌跡がかなり短くなった太陽は、西の空に沈みながら、畑に繊細な金色の光の帯を投げかけている。寒がりの鳥たちは、大きなむれをなして高い空をモーロ人の土地（＊1）のほうへ飛んでいく。かすかな風が、最後の黄色い木の葉を吹きとばし、木立をはだかにする。

魂に目を向けなさいと、季節がさそっているよ、プラテーロ。今ぼくたちにはべつの友がいる。選びぬいた気高い、ま新しい本だ。そして、開いた本を前にすると、野原はすべてをぼくたちに見せてくれる。孤独な思考をはてしなくめぐらせるのに、まるはだかになった野原はうってつけだ。

ほら、プラテーロ、ひと月前、さやさやとみどりの葉をそよがせて、昼寝をするぼくたちを見守ってくれていたこの木をごらん。今は、わずかに残った木の葉のあいだに黒い鳥を一羽とまらせて、つるべ落としのわびしい黄色い夕日に、ただ小さくひからびたシルエットをうかびあがらせている。

＊1　「モーロ人」とは、スペイン語で「ムーア人」、つまり北西アフリカ出身のイスラム教徒のこと。「モーロ人の土地」とは、北西アフリカ一帯を指すと思われる。

93

うろこ

水車通りより先のモゲールはね、プラテーロ、ここはべつの村だ。あそこからは船乗りの町がはじまる。あのあたりの人たちは、船乗り特有の言いまわしがまじった、自由奔放で彩りゆたかな言葉を話す。男たちはおしゃれで金の鎖をぶらさげ、上等のタバコや長いパイプを吸う。たとえば、馬車大工通りに住む、ぼくとつであいそのないラポソと、きみも会ったことのある、川岸通りの日焼けした金髪の陽気なピコンとでは大ちがいだろう。

聖フランシスコ教会の寺男の娘グランディージャは、さんご通りの生まれだ。いつかうちにやってきたとき、台所でにぎやかにおしゃべりの花を咲かせた。フリセタ通りやモントゥリオやかまど通り育ちの、うちのお手伝いさんたちは、ぽかんとして聞いていたよ。カディスのこと、タリファのこと、島のこと、それに密輸タバコのこと、イギリス製の服地のこと、絹の靴下のこと、金や銀のこと……、さんざんしゃべると巻き毛のグランディージャは、すらりとした体にクレープ地の薄手の黒いショールを巻きつけ、ヒールの音をひびかせてさっそうと帰っていった。

お手伝いさんたちは、その色とりどりのおしゃべりのことをいつまでも話していたよ。モンテマジョール(*2)が、左目を手でおおって、魚のうろこを日にかざして一心に見ているんだ……。何をしているのかときいたらね、聖母カルメンが見えるんだとこたえたよ。船乗りの守護聖人、聖母カルメンが、ししゅうをほどこしたマントを広げて虹の下に立つ姿が、うろこの中に見えるんだ、ほんとうさ、グランディージャがいってたのだからって。

*1 ここでは、お手伝いさんの一人の名。

94 ピニート

「やーい……、やーい……、こいつピニートよりばかだ！」

ピニートがだれだったか、すっかり忘れかけていたよ。十月のゆるやかな陽ざしが、赤砂の土手をまっ赤に燃えあがらせている今、男の子がそんなふうにはやしたてるのを聞いて、ふいに、黒ずんだつるを背負って坂をのぼってくる、あわれなピニートの姿がよみがえってきた。

記憶の中に現れては消え、なかなかはっきりと思い出せない。無愛想で色黒ですばしこく、みにくくよごれた中に美しさのなごりをとどめていたピニート。けれど、もっとよく思い出そうとすると、朝とともに夢が消えるように、すべてがかき消され、自分が思いえがいていたのがほんとうにピニートだったのかどうか、わからなくなる……。ある雨の朝、子どもたちに石で追われ、みすぼらしい身なりで新道通りを走っていたのや、冬の夕暮れどき、うつむいてとぼとぼと古い墓地の石塀のところを曲がり、風車小屋か洞穴にむかっていたのはピニートだったか。死んだ犬やゴミの山のそばにある洞穴は、よそから来た物乞いたちがより集まっている、宿代のいらないねぐらだった。

「やーい、ピニートよりばかだぜ！」

むかしにもどって、一度でいいからピニートと話せるなら、ぼくはなんだってするよ、プラテーロ！　マカリアがいうには、ピニートは、コリージャ母娘の家で飲んで酔いつぶれて、城山地区のどぶに落ち、もうずいぶん前に死んだらしい。ぼくが今のきみくらいの子どもだったときのことだよ、プラテーロ。だけど、ピニートはほんとうにばかだったのかな？　ほんとうは、どうだったのだろう？

プラテーロ、ピニートは死んでしまって、どんな人だったのか、ぼくは知らない。けれど、あの男の子によると──あの子の母親はピニートを知っていたにちがいない──、ぼくがピニートよりばかだということを、きみは知っているよね。

95 川

見てごらん、プラテーロ、人間の邪悪な心と身勝手のせいで、鉱山（＊1）のあいだを流れる川がどれほど無惨な姿になったか。今日の午後は、黄ばんだむらさきの泥のそこここにたまった赤ちゃけた水に、かろうじて夕日が映っているだけだ。これではもう、おもちゃの船しかうかばないよ。なさけないことだ！

以前は、ワイン商人の大型船や、二本マストの帆船、小型帆船——狼丸、エロイーサ丸、キンテロが船長をしていた父の船、聖カジェタノ号、ピコンが操舵していたおじの船、エストレージャ号——のマストがにぎやかにいりみだれて、サン・ファンの空にそびえていたのにね。メインマストは、子どもたちの驚嘆のまとだった！　船体が沈むほどどっさりとワインを積んだ船が、マラガやカディスやジブラルタルにむかったものだった……。大型船のあいだでは、はしけ船が波をかきたてていた。はしけ船には目玉の絵と聖人がついていて、みどりや青、白や黄色や赤で船の名が描かれていた……。漁師たちはイワシやカキ、ウナギや舌ビラメ、カニなどを水揚げしていた。なのに、リオティントの銅が何もかもをだめにしてしまった。金持ちがきらうので、今とれるわずかな魚が貧しい人たちの口に入るのがせめてもの救いだよ、プラテーロ……。しかし、小型帆船も一本マストの帆船も二本マストの帆船も、みんな姿を消してしまった。

なんと悲しいことか！　岸辺に立つキリスト像は、今はもう満ち潮になっても、潮位があがるのを見ることはない。今は、死人かやせこけたみすぼらしい物乞いが流す一筋の血のような、赤い夕焼けに似た鉄色の水がちょろちょろと流れているだけだ。くずれおちて、腐って黒ずんだエストレージャ号は、いたんだ竜骨を日にさらし、魚の骨のような巨体を夕空にうかびあがらせている。そして、ぼくのあわれな心のなかで苦悩がうごめくように、その見るかげもない船体に入りこんで沿岸警備隊員の子どもたちが遊んでいる。

＊1　ティント川の上流にあるリオティント銅山のこと。十九世紀にイギリス企業によって開発され、川が汚染された。

96 ザクロ

このザクロはほんとうに美しいね、プラテーロ！　アゲディージャが小川のところの修道女農園でいちばんいい実をよって、届けてくれたんだ。ザクロほどみずみずしさにあふれるくだものはほかにないね。すがすがしい健康が力強くはじけている。さあ、食べよう。

プラテーロ、このはがしづらいかたい皮の、かわいた渋みがなんともいえないよ！　地面にはりついた根っこのように、実をがっしりとつつんでいる。さあ、ここからが、いちばんあまいところだ。ルビーになったオーロラのような粒が皮にはりついているだろう。ほら、プラテーロ、どこかの若い女王の心臓にも似た、うすいベールにおおわれたぴちぴちと健康的な粒は、汁をたっぷりふくんだ、食べられるアメジストだ。ほら、こんなにびっしりとならんでいるよ、プラテーロ。さあ、お食べ。おいしいね！　陽気で赤いゆたかな味に舌がとろけていく。待って、今はしゃべれないよ。万華鏡の色とりどりのかけらの中にまよいこんだ目のような感覚が、口に心地よく広がる。ごちそうさま！

ぼくの家にはもう、ザクロの木はないのだよ、プラテーロ。きみは花通りのワイン醸造所の裏庭にあるザクロは見たことがないよね。夕方、あのあたりを通ると……、くずれた石塀のむこうに、むかしはさんご通りの家々のきれいな庭や野原や川が見えたものだった。沿岸警備隊員が吹くらっぱや、シエラの鍛冶屋の音が聞こえた……。日々の詩情にあふれた、ぼくの知らない、村の新たな一面だった。日が落ちると、イモリだらけのイチジクの木のせいでくずれかけた暗い井戸端のザクロの木に、宝石のような明かりがともった。

　ザクロ、村の紋章にかたどられたモゲールのくだもの！　まっ赤な夕日にむかって、ぱっくりと割れたザクロ！　修道女農園や、サバリエゴの梨の木道になるザクロ。小川が流れ、夜がふけるまでバラ色の空が残る谷、ぼくの心にあるようなのどかな深い谷でとれる実よ！

97
古い墓地

ぼくはね、プラテーロ、きみをここに連れてきたかったんだ。だから、墓掘り人に見られないよう、れんが職人のロバにまぎれこませて入らせたのさ。もう静けさに包まれている……。さあ、おいで……。

ここが聖ヨセフの区画だ。フェンスが倒れている、あのみどりの木陰のすみが、神父さまたちの墓だ……。午後三時のまばゆい陽光ととけあっている、白く塗られた西むきの小さな区画は、子どもたちの墓地だ……。おいで……、ここは提督……、ベニータさん……、貧しい人たちの一画だ、プラテーロ……。

スズメたちが糸杉の木から出たり入ったりしているよ。にぎやかだな。あのサルビアにとまっているヤツガシラという鳥は、墓碑のくぼみに巣があるんだ……。墓掘り人の子どもたちだ。赤い脂を塗ったパンをおいしそうに食べているよ……。プラテーロ、ごらん、白い蝶が二匹……。

新しい区画だ……。待って……、聞こえるかい、鈴の音だ。停車場にむかう三時の馬車だ。あの松の木は風車小屋のだ……。ルトガルダさん……、船長……、アルフレディート・ラモス。子どものころ、春の午後、白い小さな棺（ひつぎ）に入れて、兄さんやペペ・サエンスやアントニオ・リベロと運んできたな……。静かに……！　リオティントにいく汽車が橋をわたるよ……。もう少し先までいこう……。カルメンのお墓（はか）だ。肺病（はいびょう）だったんだ。かわいかったのにね、プラテーロ……。陽ざしをあびた、そのバラの花をごらん……。ここにはあの女の子がいる。黒い瞳（ひとみ）をしたナルドの花のような子だった……。そして、ここにはね、プラテーロ、ぼくの父さんがいるのだよ……。

　プラテーロ……。

98 リピアーニ

プラテーロ、脇におより。学校の子どもたちを通してやろう。

知ってるだろう、木曜日だから野原に散歩に来たんだよ。教師のリピアーニが、カステリャーノ神父さまのところに連れていくこともあれば、アングスティアス橋や、ピラにいくこともある。どうやら、今日、リピアーニはごきげんだな。村はずれの小教会まで行ってきたようだよ。

ぼくは、リピアーニがきみの人間らしさをうばってしまうのではと思うことがあるよ。村長がよくいう、子どものロバらしさをとりのぞく（＊1）という言葉と反対にね。でも、そしたらきみがおなかをすかせて死んでしまわないか心配だ。だって、リピアーニときたら、午後、散歩に連れだすたびに、子どもたちをわたしのところに来させなさい、というイエスの言葉をもちだして、兄弟愛だといって子どもたちにおやつを分けさせ、十三人の子どものおやつの半分をひとりじめするのだから。

みんな楽しそうだね！　十月の午後のさわやかな陽気にさそわれて、子どもたちはそまつな身なりをした大きな心臓のように、まっ赤に脈うっている。ボリアからゆずりうけた、きゅうくつな赤茶色のチェックの上着に大きな体を押しこんだリピアーニは、松の木の下でおやつにしようという約束を思い出して、ゆさゆさ巨体をゆすって歩きながら、白髪まじりのひげをにんまりさせている……。リピアーニが通りすぎると、野原はしばらく、色とりどりの金属のようにふるえる。海をのぞむ金色の塔にある大鐘が、夕べの祈りを告げたあと、大きなみどりのマルハナバチのように村の上でしばらくうなっているのと同じように。

*1 「ロバらしさをとりのぞく」とは、粗野にならないよう、教育してきちんとしつける、という意味。

99 城山

今日の午後は空がきれいだね、プラテーロ！　とぎすまされた幅広の剣のような、十月の金属的な光にきらめいている。ここはいいな。人けのないこの高台からは、夕日が沈むのがよく見えるし、ここならだれかにじゃまされることも、ぼくたちがだれかを不安にさせることもないからね……。

カキネガラシや雑草がおいしげる塀とワイン醸造所のあいだには、白と青に塗られた家が一軒あるだけで、どうやらそこにはだれも住んでいないらしい。夜になると、いつも黒い服を着ている、よく似た色白の美人のコリージャ母娘の愛の舞台になるのはこのあたりだ。ピニートが死んで、二日もだれにも気づかれなかったのはそこのどぶだ。砲撃隊がやってきたときは、ここから大砲が発射された。きみも知っているあのイグナシオが安心しきって密輸の酒を村に運びこんだのも、アングスティアス橋から雄牛が追いこまれるのもここだ。ただこのへんには、子どもは一人もいない。

……お堀にかかった橋のむこうの、赤く枯れたぶどう畑をごらん。れんがを焼くかまどと、むらさきにそまった川がある。その先は、人けのない海辺の湿地帯だ。姿を現した神のように神々しいまっ赤な夕日が、みなの心をうばいながら、ウエルバのかなたの水平線に沈んでいくよ。モゲールとその野山、きみとぼくという、この世界が捧げるしじまの中でね、プラテーロ。

100 古い闘牛場

とらえがたい一陣の風にのって、焼け落ちた古い闘牛場の情景が、またしてもぼくの頭をよぎる。いつかしら、ある午後……、焼けてしまった闘牛場が……。

中がどんなふうだったのかも、ぼくは知らない……。小さな灰色の犬がゴムのかたまりのように、黒い牛に空中にほうりだされるのを見たおぼえがあるが、それともあれは、マノリート・フロレスがくれたチョコレートのおまけのカードの場面だったか？　背の高いみどりの草が一本はえているだけの、円形の完全な孤独……。外から、というよりも上から見たところしかぼくは知らないので、それは闘牛場そのものではない……。しかし、人はいなかった……。写真で見るような、ほんもののりっぱな闘牛場にいるつもりになって、ぼくは松材の観客席をぐるぐる走って、上にのぼっていった。そして雨に降りこめられたその夕暮れ、寒々とした鉛色の雲の下に広がる、ゆたかな黒ずんだみどりの日かげの景色が、ぼくの心に永遠に入りこんだ。海にすっと一本引かれた水平線の白い筋の上に切りとられた、松のシルエットとともに……。

それだけ……。どのくらいぼくはあそこにいたのか？　だれに連れていかれたのか？　あれはいつだったのか？　わからないし、だれもいってくれないんだ、プラテーロ……。だけど、この話をすると、だれもが口をそろえていう。

「そうとも。それは焼けてしまった城山の闘牛場だ……。あのときは闘牛士がモゲールにつめかけたな……」と。

101 こだま

ここはひっそりしていて、いつもだれかがどこかにひそんでいるかのようだ。丘からおりてきた狩人たちは、このあたりにくると足を速め、土手にのぼって遠くを見晴らす。盗賊のパラレス一味が荒らしていたころは、このへんをねぐらにしていたらしい。東をむいた赤い岩の上には、日暮れどきの黄色い月明かりを背に、はぐれヤギのシルエットがときおりうかびあがる。下のはらっぱには、八月には干あがる池があり、黄色やみどりやバラ色の空のかけらをとらえている。カエルをねらってか、音をたてて水がはねあがるのを見ようとしてか、子どもたちが上から投げた石がたまって水底は見えない。

……散歩の帰り、ぼくははらっぱへのおり口をふさいでいる、イナゴマメ（＊1）の木のところでプラテーロをひきとめた。半月刀の形の枯れたさやが黒々とぶらさがった木だ。ぼくは両手を口の両側にあてて、岩にむかってさけんだ。

「プラテーロ！」

岩は、近くの水で少し声をやわらげて、こたえをかえした。

「プラテーロ！」

プラテーロは、はっとふりかえり、頭をもたげて体に力をいれ、かけだしたそうに全身をふるわせた。

「プラテーロ！」ぼくはもう一度、岩にむかってさけんだ。

岩がまたいう。

「プラテーロ！」

プラテーロはぼくを見て、岩を見て、上くちびるをまくりあげ、岩のてっぺんにむかって長くいなないた。

岩が、長いくぐもった声で鳴いた。プラテーロの声と重なり、最後の音が長くのびる。

プラテーロがもう一度鳴いた。

岩が再び鳴いた。

するとプラテーロは、強情になってひどく暴れだし、虫の居所の悪い日のように手がつけられなくなった。端綱をひきちぎろうと、ぐるぐるまわって後ろ足で立ちあがったりはねたり、ぼくをおいて逃げださんばかりだ。ぼくが小声でなだめながらひいていくと、ようやくウチワサボテンのところで、プラテーロの声しか聞こえなくなった。

＊1　地中海地方原産の高木の豆。十センチ以上あるさやがなる。

102

おびえ

　子どもたちの夕飯どきだった。ランプが夢見るように、まっ白いテーブルクロスにバラ色のあたたかい光を投げかけている。あどけない顔が並ぶなごやかなだんらんを、赤いゼラニウムと色づいたりんごが素朴な喜びであざやかに彩っている。女の子たちは淑女のように食事を口に運び、男の子たちは紳士のように議論している。部屋の奥では、美しい金髪の若い母親が、まっ白い胸をはだけて赤んぼうに乳をやりながら、ほほえみをうかべて子どもたちを見つめている。庭に面した窓の外で、星のきらめく明るい空が寒さにふるえていた。

　と、突然、ブランカが小さな稲妻のように、母親の腕の中に逃げこんだ。食堂は静まりかえり、つづいてがたがたといすの倒れる音。子どもたちはみんなブランカのあとにつづいて、おびえきって窓を見ながら、大あわてで母親のもとにかけていった。

　ばかだなあ、プラテーロ！　きみが白い頭をガラスに押しつけたからだよ。闇とガラスと恐怖心のせいで、それがものすごく大きく見えたんだ。きみはおとなしくものがなしげに、明かりのともったあたたかな食卓(しょくたく)をながめていただけなのにね。

103 古い泉

いつでもみどりの松林の上で、古い泉はいつでも白い。白いから、夜明けにはバラ色や青になり、白いから、午後には金色やむらさきになり、白いから、夜にはみどりや空色になる。プラテーロ、古い泉のところにぼくがたたずむのを、きみはもう何度も見てきたよね。あの古い泉は、鍵かお墓のように、その中に世界のすべてのエレジーを、真実の命の感情を封じこめているのだよ。

ぼくはあの泉の中に、パルテノン神殿（＊1）を、ピラミッドを、すべての大聖堂を見てきた。どこかの泉や霊廟や柱廊の美しさが頭からはなれず眠れなくなった夜には、まどろむうちに、いつしかそれらにかわってこの古い泉が頭にうかんできたものだった。

ぼくはこの泉から、あらゆるところに行き、あらゆるところから、この泉にもどってきた。この古い泉は、いつでもこうしてここにあり、調和のとれた単純さゆえに不滅のものとなる。光と色をそっくりわがものにしているので、この泉に手をさしだせば、水を受けとめるように、ゆたかな命の奔流をつかまえられる。この泉をベックリーン（＊2）はギリシャの絵に描き、ルイス・デ・レオン（＊3）は翻訳し、ベートーベンは歓喜のなみだで満たし、ミケランジェロ（＊4）はロダン（＊5）に手渡した。

この泉はゆりかごであり、結婚だ。歌でありソネット、現実であり喜び、そして死だ。

今晩この泉は、そこで死んでいるよ、プラテーロ。暗いやわらかなざわめくみどりに囲まれた、大理石のむくろのようだ。だが、死んではいても、ぼくの魂からは永遠の水がわきだしている。

＊1　アテネのアクロポリスにある神殿。
＊2　一八二七〜一九〇一。スイスの画家。
＊3　一五七二〜一五九一。スペインのルネサンス期の詩人。
＊4　一四七五〜一五六九。イタリアのルネサンス期の芸術家。
＊5　一八四〇〜一九一七。フランスの彫刻家。

104
道

ゆうべはずいぶん木の葉が散ったね、プラテーロ！　空に根をはりたくなった木々が、上下さかさまになって地面に頭をつっこみ、空に根をのばしたかのようだ。そのポプラの木をごらん。サーカスの軽わざ師のルシアが、燃えるような赤い髪をじゅうたんに広げ、灰色のメッシュのタイツに包まれたきれいな脚を、すらりとそろえてあげている姿にそっくりだ。

ほら、プラテーロ、はだかになりかけた枝に残った金色の葉のあいだから、小鳥たちがこちらを見ているよ。ぼくたちが春に、みどりの葉かげにいる小鳥たちを見ていたように。頭上で木の葉がうたっていたあのやさしい歌が、これほどわびしくせつない祈りに変わりはてるとは！

野原をごらん、プラテーロ、そこらじゅう落ち葉だらけだ。だけど、次の日曜日に来てみたら、落ち葉は一枚もなくなっているだろう。落ち葉はどこで朽ちていくのだろう。鳥たちは春に愛をささやきあったとき、ひそかな美しい死の秘密を木の葉たちに告げたにちがいないよ。きみもぼくも知りえない秘密(ひみつ)をね、プラテーロ。

105 松の実

ほら、新道通りのひなたを、松の実売りの女の子がやってくるよ。生の実と炒った実を売っている。きみとぼくのために、炒った実を十センチモ（＊1）分、買おうね、プラテーロ。

金色と青に晴れわたった十一月の日には、冬と夏が重なりあう。太陽はまぶしく、血管はヒルのように青くふくれあがる……。清潔で静かな白い通りを、ラマンチャから来た服地売りが灰色の布包みを背負って通る。ルセナ（＊2）の金物屋は、何もかもをぴかぴか黄色く光らせ、チンチンと音をたてるごとに陽ざしをとらえる……。体を折るようにしてかごを背負った、アレナ（＊3）の松の実売りの少女は、炭のかけらで白壁に黒いあとをつけながら、壁ぎわをゆっくりと歩き、けんめいに声をはりあげる。

「まーつの実ー、炒った実ー！」

恋人たちは戸口で笑顔を輝かせ、選んだ実を交換しあって食べている。登校とちゅうの子どもたちは、戸口の前で石でたたいて殻を割る……。子どものころ、冬の午後に川べりのマリアノのオレンジ畑に行ったときのことをぼくは思い出す。炒った松の実をハンカチに包んでいくのだが、ぼくの楽しみはなんといっても、殻を割るためのナイフを持っていくことだった。柄に真珠色の貝が埋めこまれた、魚の形をしたナイフだ。魚の目の二つルビーをのぞきこむとエッフェル塔（＊4）が見えた。

炒った松の実のおいしさが、口じゅうに広がるね、プラテーロ。食べると元気が出て、なんでもできそうな気がしてくる。不死身の彫像になったみたいに、寒い季節の太陽もへっちゃらになって、足音も高く歩き、重たい冬服も苦にならなくなる。力持ちのレオンや片腕のマンキートと腕ずもうだってできそうだ……。

＊1　一センチモは、スペインの昔の貨幣単位ペセタの百分の一。わずかな金額。
＊2　コルドバ県の町。
＊3　モゲールのそばの地名と思われる。
＊4　フランスのパリにある有名な塔。

106

逃げた雄牛

プラテーロとオレンジ畑に着いたとき、野道はまだうす暗く、マツバギクの葉は霜でまっ白になっていた。朝ぼらけの無色の空を背に、コナラの丘に細いハリエニシダが見える……。ときおり、のびのびとしたやわらかなさえずりが聞こえ、ぼくは目をあげる。ムクドリだ。みごとに編成をかえながら、むれをなしてオリーブ畑にもどっていく。

ぼくは手をたたく……。残響……。マヌエール！……だれもこたえない……。ふいに、ガサガサとせわしい音がする……。音をたてたものの大きさを予感して、鼓動が速まる。ぼくはプラテーロといっしょに、イチジクの古木のかげにかくれる。

ああ、あれだ。赤い雄牛が歩いていく。朝の主のように、においをかぎ、モーと声をあげ、手あたりしだいに草をなぎ倒す。丘の上でしばし立ち止まり、その短いおそろしいうめき声で谷と空を満たす。ムクドリたちがおそれることなく、鳴きかわしながらバラ色の空をわたっていく声が、ぼくの動悸でかき消される。

顔を出した朝日で、うっすら赤銅色になった土ぼこりを立てて、雄牛はリュウゼツランのあいだをぬけ、井戸へとおりていく。少し水を飲み、悠然と勝ちほこって、あたりを威圧しつつ去っていく。ぶどうのつるのきれはしを角にぶらさげたまま、坂をのぼり、今や黄金色になったまばゆい朝日のなか、早く行ってくれと切望する目に見つめられて、とうとう消えていく。

107 十一月の牧歌

日暮れどき、暖炉にくべる松の枝を背にのせて野原から帰ってくるとき、プラテーロの体は、くたりと広がったみどりにかくれてほとんど見えない。軽やかに戯れながら綱をわたるサーカスの娘のように、せまい歩幅のすり足で……、まるで歩いていないかのようだ。耳が立っているので、家を背負ったかたつむりのようでもある。

かつてはぴんととがって、太陽やヒワや風や月やカラス――ぞっとするだろう！　でも、カラスもいたのだよ、プラテーロ――をのせていたみどりの枝があわれにしおれ、日暮れのかわいた野道の白い土ぼこりにとどきそうなほどたれさがっている。

ひんやりとしたむらさきのおだやかさが、すべてを後光でつつみこむ。そして、十二月にむかう野原で、荷を負ったロバの柔和なつつしみ深さが、去年と同様、神々しく見えてくる……。

108
白い馬

悲しいね、プラテーロ……。花通りをぬけた城門のところの、前に双子の子が雷にうたれて死んだ場所で、ソルドの白い馬が死んでいたよ。貧しい身なりの女の子たちが、だまってまわりをとりかこんでいた。

通りかかったお針子のプリータによると、ソルドは餌をやるのがいやになって、今朝、馬を家畜墓場に連れていったらしい。かわいそうに、白い馬は、フリアンじいさんと同じくらい年をとって、何もできなくなっていたのをきみも知っているよね。目が見えず、耳も聞こえず、足元もおぼつかなかった……。ところが昼ごろ、馬はソルドの家の前にもどってきた。ソルドは腹をたててドアのつっかえ棒で馬をなぐり、追いかえそうとした。でも、馬は動かなかった。そこで、ソルドは鎌をふりおろした。集まった野次馬にののしられながら、白い馬は足をひきずって、よろよろと坂をのぼって去っていった。子どもたちがわめき、石を投げて追いかけた……。とうとう馬は地面に倒れ、そこでとどめをさされた。あわれみの感情が働いたのだね。きみかぼくがそこにいたかのようにね、プラテーロ。だけど、「静かに死なせてやれ」という声は、風にもてあそばれる蝶のようだった。

ぼくが見たときには、石のように冷たくなった馬の体のまわりに、まだ石がころがっていたよ。生きているときは見えなかった目が、死んだ今は見えているかのように、片目が見開かれていた。暮れなずむ通りに、白い体がいつまでも明るくうかびあがっていた。頭上では、冷えこみとともに高くなった日暮れの空に、バラ色のうすい雲がかかっていた……。

109

再婚祝い（＊1）

プラテーロ、ほんとうにあれはよくできていたね。ドニャ・カミラは、白とピンクの服を着て、大きな紙と指し棒を手に子豚に勉強を教え、サタナスは、片手に空っぽの酒袋を持ち、もう一方の手で、ドニャ・カミラのポケットから小銭入れをとりだそうとしている。この新郎新婦の人形は、悪知恵ペペとおせっかいのコンチャがつくったのだろう。コンチャがうちから古着やらあれこれを持っていっていたから。神父さまのかっこうをして、旗をたてた黒いロバにのった人まねペピートが人形の前を行き、後ろからは、中央通りや泉通りや馬車大工通り、書記官広場やペドロ・テジョ小路に住む子どもたちが、空き缶や鍋やすりばちなどを叩いて拍子をとりながら、満月に照らされてねり歩く。

知っているだろう。ドニャ・カミラは三度夫をなくしてもう六十歳になるし、サタナスは、一度だけだけれど奥さんをなくし、七十回もその年の新酒を味わうほど長く生きてきた。鍵をかけた新居の窓の内側で、今夜二人がどんな話の花を咲かせるのか、聞いてみたいものだね。

お祝いのどんちゃん騒ぎは三日間つづくんだ、プラテーロ。広場のひな壇に飾って照明をあてられた人形の前で、よっぱらってさんざん踊ってから、みんなそれぞれに自分のものを持って家に帰っていく。そして、さらにいく晩か、子どもたちが騒ぎつづけて、とうとう最後は、満月とロマンスだけが残るのさ……。

＊1　昔、アンダルシアでは再婚を祝ってお祭り騒ぎをする風習があった。

110 ヒターノ

あの女の人を見てごらん、プラテーロ。あかがね色の陽ざしの中を、背筋をのばし胸をはって、ショールもはおらず、まわりに目もくれずにまっすぐこちらへやってくるよ。すぎし日の美しさをとどめ、いまだカシノキのようにあでやかに、冬には腰に黄色いスカーフを巻き、フリルのついた青地に白い水玉もようのスカートをはいている。いつものように墓地の裏手にテントをはる許可をもらいに村役場に行くのだね。ヒターノたちのみすぼらしいテントを、きみもおぼえているだろう。たき火がたかれ、あでやかな女たちがたむろして、よぼよぼのロバたちがまわりで死を食んでいる。

ロバといえば、プラテーロ、フリセタ通りのロバたちは、裏庭のすぐそこにヒターノたちがいるのを感じてふるえているだろうね。ぼくはきみのことは心配していないよ。この馬小屋に来るには、ヒターノたちは村を半分通りぬけなければならないし、馬番のレンヘルはぼくのこともきみのこともすきだからね。だけど、ぼくはわざとこわそうな低い声で、「プラテーロ、さあ、中に入れ。さらわれないように、鍵をかけるぞ」とおどしてやる。

プラテーロは、ヒターノにさらわれることはないと安心しきってとことこと、パティオの扉をかけぬける。彼の後ろで、色つきのガラスがはまったフェンスの扉にガチャンと鍵がかかると、とびはねるように大理石のパティオと花のパティオをぬけて、矢のように裏庭にかけこみながら、壁をつたう青い花を——乱暴だなあ！——ひきちぎっていく。

／／／ 炎

もっとこっちにおいで、プラテーロ。遠慮はいらないよ。この家の主人はきみがいるのを喜んでいるよ、みんな仲間だからね。ここの飼い犬のアリもきみがすきだとわかっているだろうし、ぼくの気持ちはいうまでもないよね、プラテーロ。オレンジ畑は寒いだろうな。「どうか神様、今晩オレンジをあんまりいためつけねえでくだせえ」という、小作人のラポソの声がする。

火はすきじゃないのかい、プラテーロ？　はだかのどんな女性の体も、燃える炎の美しさにはかなわないとぼくは思うな。ほどいた長い髪も、どんな腕も、脚も、はだかの炎とはくらべものにならない。自然の中で、火ほどすばらしいものはほかにないだろう。家は閉めきられ、夜はひとりぼっちで外にとり残された。だけど、プラテーロ、プロメテウス（＊1）の洞窟に開かれた窓辺にいるぼくたちは、野外にいるよりもよほど大自然の近くにいるのだよ。火は家の中の宇宙だ。傷口から流れる血のようにまっ赤に尽きることなく、血の中にあるすべての記憶でぼくたちをあたため、活力を与えてくれる。

プラテーロ、火は美しいね！　ほら、アリは体をこがしそうになりながら、いきいきと目を見開いて炎を見つめている。楽しいね。金の踊りと影の踊りが、ぼくたちをとり囲む。ロシア人の踊りのように大きくなったり小さくなったり、家全体が踊る。枝と小鳥、ライオンと水、山とバラなど、ありとあらゆる形が無限の魅力をたたえて炎の中から現れる。ほら、ぼくたちもいつのまにか、壁で、床で、天井で踊っているよ。

なんというくるおしさ、なんという陶酔、なんという喜び！　愛もここでは死のようだよ、プラテーロ。

＊1　ギリシャ神話で、火をもたらした神。

112 病みあがり

淡い黄色の明かりがともされ、じゅうたんとタペストリーでやわらかにおおわれた部屋で、病みあがりのぼくは、さえざえと星が光る夢の中にいるように夜の通りの音を聞いている。野原から軽やかに帰ってくるロバたちや、たわむれ、声をはりあげる子どもたち。ロバの黒っぽい大きな頭や、子どもたちのちっちゃな頭が目にうかぶ。ロバの鳴き声にまじって、子どもたちが銀と水晶の歌声でクリスマスの歌をうたう。栗を焼く煙や、家畜小屋のいきれや、平和な家庭のいぶきに村が包まれる……。

そして、ぼくの魂は、心の影の岩山から流れ落ちる空色の水のように、きよめの水となって流れだす。救済の夕べだ！　あたたかいと同時に冷たい、かぎりない明るさに満ちた親密な時！

上のほう、窓の外で、星々のあいだをぬって鐘が鳴りひびく。つられてプラテーロが、馬小屋で鳴く。空が近くなったこのひととき、その声はとても遠く聞こえる……。ぼくはすすり泣く。弱々しくひとり、心をゆさぶられて、ファウスト(＊1)のように……。

＊1　ドイツの作家ゲーテの作品の主人公。

113

老いたロバ

……ついには　すっかりくたびれはて
足を踏みだすごとに　消えてゆく……
「ベレスの城主の葦毛の馬」より
『ロマンセ全集』

プラテーロ、ここをはなれられないよ。導く者のない、よるべないこのあわれなロバを、こんなところにおきざりにできるものか。
家畜墓場からやってきたのだよ。目が見えず、耳も聞こえていないようだ。今朝もこのロバはこの土手で、白い雲の下、この冬の日のすばらしい美しさとうらはらに、そこここにハエのたかったひからびたみじめな背中を輝く太陽にさらしていた。方向がわからないのか、脚をひきずってのろのろとまわるが、またもとの場所にもどる。むきが変わっただけだ。朝は西をむいていたのが、今は東をむいている。

プラテーロ、老いの足かせはなんとむごいのだろう！　春が来ようとしているのに、あわれなきみの友だちは、自由にされてもどこにも行かず、そこにいる。それとも、ベッケル（＊1）が描く幽霊のロバのように、立っているけれども、ほんとうは死んでいるのか。夕暮れ空を背にじっと立っている輪郭を、子どもでもスケッチできそうだ。

ほらね……。押してやろうとしても動かない……。よびかけてもこたえない。今わの際の苦しみで、地面に根がはえてしまったかのようだ。

プラテーロ、今晩にも北風に吹かれて、このロバはこの土手でこごえ死んでしまうよ……。ここをはなれられないよ。どうしよう、プラテーロ……。

＊1　一八三六〜一八七〇。セビーリャ生まれのスペインの詩人、作家。

114 あかつき

冬の遅い朝、空のはしがほんのりバラ色に色づくと、目ざといおんどりたちが高らかに朝を告げる。寝るのにあきたプラテーロも、長い鳴き声をあげる。窓のすきまからさしこむ空色の光のなか、遠くに聞くプラテーロの目覚めの声の甘美なこと！　ぼくも朝が待ちどおしく、やわらかな寝床から太陽を思う。

そして、もしプラテーロが、ぼくのような詩人ではないだれかの手にわたっていたならどうなっていただろうと考える。夜明け前から、かたく霜柱がたったさびしい道を歩いて、よその山林に松をぬすみにいく炭焼きや、ロバに色をつけてヒ素を飲ませ（＊1）、耳がたれさがらないようにピンでとめる、卑劣なヒターノの手にわたっていたなら。

プラテーロがまたいななく。ぼくが自分のことを考えているとわかるのか。いや、わからなくてもいい。おだやかな夜明けに、プラテーロを思うのは、あかつきそのものくらいに心楽しいのだから。それに、ありがたいことにプラテーロには、ゆりかごのようにやわらかく、ぼくの思いのように愛にあふれた馬小屋があるのだ。

＊1　ヒ素は毒物だが、飲むと体がじょうぶになると当時は信じられていたらしい。

115 小さな花々

ぼくの母に

母さんがいうには、テレサおばあちゃんは、うわごとで花のことをいいながら死んだそうだ。子どものころに夢で見た、色とりどりの星形の花からの連想かな、プラテーロ、ぼくはそれを思い出すたびに、うわごとの花はピンクや青や赤むらさきのバーベナだったと思うんだ。

ぼくが思うテレサおばあちゃんはいつでも、色ガラスのはまった、パティオのフェンスのむこうにいる。月も太陽も青やむらさきに見せる色ガラスのむこうで、パティオの空色の植木鉢や白い花壇にいつまでもかがみこんでいる。八月の昼寝どきの陽ざしや九月のはげしい雨のなかでもけっしてこちらをふりむかないのは、おばあちゃんの顔をぼくがおぼえていないからだろう。

母さんによるとね、プラテーロ、テレサおばあちゃんはうわごとで庭師をよんだそうだ。

だれだかわからないけれど、その姿の見えない庭師が、バーベナの咲く小道をとおって、おばあちゃんを天国にやさしく導いたにちがいない。ぼくの記憶のなかで、おばあちゃんはその小道をぼくのほうにもどってくる。ぼくがそう思いたいからだろうけれど、なつかしく思い出すおばあちゃんは、むかしのまま、小花もようの上等の絹の服を着ているんだ。庭に散ったヘリオトロープや、子どもだったぼくの夜を彩った、はかない星形の花に似た小花を散らした、あの絹の服を。

116 クリスマス

野原に燃える火よ！　クリスマス前夜の夕方、雲はないが一面灰色の寒々とした空で、くぐもった弱い太陽が西の地平線をかすかに黄色くそめている。ふいに、燃えはじめたみどりの枝のはぜる音がする。それから、もうもうとあがる、オコジョの冬毛のようにまっ白な煙、そして、とうとう炎。炎が煙を吹きはらい、つかのまの清らかな舌でなめるように踊り、空気を満たす。

ああ、風の中の炎よ！　バラ色、黄色、赤むらさき、青の火の精が、低い秘密の空に穴をうがちながらどこへともなく消えていく。凍てつく空気の中に焼けこげたにおいを残して！　ほのかにぬくもった十二月の野原よ！　愛にあふれた冬！　幸福な者たちのクリスマス前夜！

火のまわりの岩バラがとける。熱い空気のむこうで、さまようガラスのように景色がゆらめき、清められる。そして、生誕人形（＊1）を持たない貧しい小作人の子どもたちは、たき火のまわりにさびしく集まり、かじかんだ手をあたため、火の中にどんぐりや栗をほうりこむ。すると、木の実が弾丸のようにはぜる。
子どもたちははしゃぎだし、宵闇のなか、ますます赤くなるたき火をとびこしてうたう。

お歩きなさい、マリアよ
お歩きなさい、ヨセフよ……

ぼくはプラテーロを子どもたちのいるところに連れていき、いっしょに遊ぶようにといってかしてやる。

＊1　スペインでクリスマスに飾る、イエスの生まれる場面をかたどったひとそろいの人形。

117

川岸通り

ここ、今は治安警察の詰所になっているこの大きな家で、ぼくは生まれたんだよ、プラテーロ。色とりどりのガラスの星をあしらった、建築家ガルフィアの手によるムデハル様式のこの貧相なバルコニーが、子どものころは、どれほどりっぱに見え、どれほどすきだったことか。ほら、フェンスのあいだから中をのぞいてごらん、プラテーロ。白やむらさきのライラックや、歳月とともに黒ずんだ木の棚にからんだ青いヒルガオが、おさないぼくの喜びだったパティオをまだ飾っているよ。

プラテーロ、花通りの角には、夕方になると船乗りたちが立っていたものさ。いろいろな色合いの青いスーツを着て、十月の畑の畝のようにずらっと並んでいる船乗りが、ぼくにはとてつもなく大きく見えた。船上の習慣で、少し脚を開いて立った船乗りの股のあいだから、遠く下のほうに川が見えた。きらきらと光りながら湿地帯をならんで流れるいくつもの川筋のあいだに、黄色くかわいた砂地がのぞいていた。べつの支流には、船が一そうゆっくりと走り、西の空には、おそろしいほど赤い夕焼けが燃えていた……。

そのあと、父さんは新道通りに引っ越(こ)した。船乗りがナイフを持ち歩いていたし、子どもたちが夜のあいだに門灯や呼(よ)び鈴(りん)を壊(こわ)していったから。そして、いつでも風がとても強かったから……。

屋上(アソテア)の展望台(てんぼうだい)からは海が見える。不安にふるえながらあそこにのぼった夜のことは一生記憶(きおく)から消えないだろう。砂州(さす)で燃(も)えているイギリスの船を見た、あの夜のことは。

118
冬

神様は水晶の宮殿にいらっしゃる。雨が降っているということだよ、プラテーロ。雨が降っている。枯れた枝に秋がかたくなに残した最後の花に、無数のダイヤモンドがのっている。その一粒一粒に、空と水晶の宮殿と神がやどる。ほら、このバラをごらん。花の中にもう一輪、水のバラが咲いている。ふると、花の魂のような、その輝く水の花びらが散って、バラはぼくの心のようにしおれて悲しげになる。

雨は、太陽と同じくらい陽気にちがいない。だって、子どもたちがほほを上気させ、足をびしょぬれにして、あんなに楽しそうに雨のなかをかけまわっているよ。スズメたちは集まってにぎやかにさえずり、ツタの葉のあいだにもぐりこんでいる。プラテーロ、きみの医者のダルボンがいうように、あれはスズメの学校だね。

雨が降っている。今日は外に行かないよ。一日、考えごとをしてすごそう。ほら、屋根から水が流れおちている。まだかすかに金色が残る、黒ずんだアカシアの葉が、すっかり雨に洗われているよ。昨日は雑草にひっかかって止まってしまった子どもたちのおもちゃの船が、水路の中で走りだす。ほら、一瞬うす日がさして、美しい虹がかかったよ。虹の橋は、教会のところからはじまって、すぐそこでうすれて消えている。

119

ロバの乳

十二月の朝の静けさのなか、人びとはいつもより足早に行きかい、咳をする。村の反対側で鳴る、ミサを告げる鐘を風がかき乱す。七時の乗合馬車ががらがらで通りすぎる。窓の面格子ががたがたいう音で、ぼくは目覚める。今年もまた、あの目の不自由な男がロバをつないだのだろうか？

牛乳売りの娘たちがつぼを胸にかかえていったりきたり、朝の冷気のなか、白い宝物を売り歩いている。男がめすロバからしぼったこの乳は、かぜをひいた者の薬になるのだよ（＊1）。

男は目が見えないので、自分のロバが日ごとに、どれほどおとろえてきているか、きっとわからないのだろう。ロバ全体が、主人の見えない目のようなのに……。とある午後、プラテーロと霊魂の谷の道を歩いているとき、男がロバを棒でめったうちにしているところに出くわした。ロバは野原を逃げまどい、しめった草にへたりこみそうになっていた。空中をかすめ、オレンジの木や水車にふりおろされる棒よりもさらにはげしい罵声がとぶ。

その声がかたまってぶつかったなら、城の塔でもくずれそうだ……。かわいそうに、その老いためすロバはそれ以上子をやどしたくないので、オナン（＊2）がしたように、あつかましいおすのロバが出した子種を不毛な地面にこぼしてしまったのだった……。目の見えない男は、ロバの子の口に入るはずの貴重な飲み物を、わずかなお金やつけで貧乏人に売ってどうにか食いつないでいたから、その甘い薬のもとになる子種をめすロバにうけとらせたかったのさ。

だからそのめすロバは、窓の面格子にみじめなからだをこすりつけているのだよ。もうひと冬、肺病やみやのんだくれやタバコずきの年よりたちの、みじめな薬箱になる体をね。

＊1　ロバの乳は薬になると当時は信じられていたらしい。
＊2　旧約聖書の創世記三十八章に出てくる人物。子どもをつくらないように、子種を地面に流した。

120 きよらかな夜

凹凸のある白い囲いをめぐらされた屋上が、青く凍てつくほがらかな星空にくっきりとうかびあがっている。鋭くとぎすまされた北風が、音もなくほほをなでる。

みんな、寒いと思いこんで家にこもり、扉をぴったり閉ざしているよ。プラテーロ、ぼくたちはゆっくりと外を歩こうね。きみは毛皮にぼくの毛布をかけて、ぼくはこの魂をたずさえて、ひっそりとした清浄な町を。

内から力がわきあがってくるよ！　まるで、銀の飾りをてっぺんにのせた、自由な石の塔になったかのようだ。ほら、なんてたくさんの星だろう！　めまいがしそうだ。空は子どもの世界かもしれないね。地上にむかって、理想の愛の祈りを熱くささげているんだ。

プラテーロ、プラテーロ！　このきんと冴えわたった一月の清らかな深夜のためなら、ぼくはこの命をなげうってもいい。きみもそう望んでいてくれたらな。

/2/ パセリのかんむり

だれがいちばんかな！

一等の賞品は、ゆうベウィーン（＊1）から届いたばかりの、さし絵いりの本だった。

「スミレのところにだれが先に着くかな？　位置について……、よーい、どん！」

黄色い陽ざしをあび、白とピンクの陽気な一団となって女の子たちがかけだした。無言でけんめいに走る子どもたち。一瞬、朝の中に静けさが広がり、村の塔の時計がゆったりと時を告げる音と、青いリリオの花が咲きみだれる松の木の丘にいる羽虫のかすかな歌、用水路を流れる水音しか聞こえなくなる……。女の子たちが最初のオレンジの木にたどりつこうとしたとき、そこらでぶらぶらしていたプラテーロがつられて、急にかけっこに加わり、もうぜんと走りだした。女の子たちは負けるものかと、不平もいえず笑うこともできずに走りつづける。

ぼくはみんなに声をかける。プラテーロが勝つぞ！　プラテーロが勝つぞ！

そう、プラテーロはだれより先にスミレのところに到着して、砂の上でころげまわっていた。

女の子たちははあはあ息をきらして文句をいい、タイツをひっぱりあげ、髪をなおしながらぼくのところにもどってきた。

「ずるいよ、そんなの！　反則だよ、反則！」

ぼくはいってやった。今の競走はプラテーロの勝ちだから、たたえてやらなくちゃいけない、だけど、プラテーロは字が読めないから、本は、もう一度みんなでかけっこをして勝った者にやろう、プラテーロにはべつのほうびをやろう、と。

本をもらえるとわかって安心した女の子たちは、顔を赤くして、「そうしよう、そうしよう！」と、とびはねてわらった。

そのときぼくは、自分が詩で表彰されたときのことを思い出して、プラテーロにふさわしい、すばらしい賞品を思いついた。そこで、小作人の家の前に植えてあったパセリ（＊2）を摘んでかんむりをつくり、古代スパルタ（＊3）の勇者にするように、つかのまの最大の栄誉のしるしとしてプラテーロの頭にのせてやった。

＊1　ヨーロッパの国オーストリアの首都。
＊2　このパセリは、葉の広がったイタリアンパセリ。
＊3　古代ギリシャにあった都市。

/22 東方の三博士（＊1）

子どもたちは、今夜はさぞかしわくわくしていたことだろうね、プラテーロ。なかなかベッドにいくことができなかったが、とうとう眠けに負けて、一人はひじかけいすで、一人は床で、一人は暖炉の前で、ブランカは低いいすで、ペペは窓辺のいすで、博士たちが入れないようにかけがねに頭をのせて眠りこんだ……。そして、子どもたちが寝しずまったこの部屋では、生き生きとした魔法の眠りが、すこやかに脈うつ心臓のように息づいている。

夕飯の前に、ぼくはみんなとバルコニーにのぼった。いつもならあれほどこわがる階段を、はしゃいでのぼる子どもたち！「あたし、天井のガラス窓なんてこわくないもん。ペペはどう？」と、ブランカがいい、ぼくの手をぎゅうっとにぎりしめる。そして、みんなしてバルコニーの鉢うえのあいだに靴（＊2）をおいてきた。さあ、プラテーロ、モンテマジョールもマリアテレサもロリージャもペリコもきみもぼくも、シーツやベッドカバーや古い帽子を身につけて仮装しよう。そして十二時になったら明かりをともし、かねやらっぱや、奥の部屋にあったほら貝を鳴らしながら行列になって、子どもたちのいる部屋の窓辺を通りすぎよう。麻ひもの白いひげをつけて、カスパール王になったぼくの前を、領事のおじさんのところでもらってきたコロンビア（＊3）の旗を前かけのようにかけたきみがいく……。子どもたちは、はっととびおきて、おどろいたまなこに眠けのかけらをぶらさげたまま、パジャマ姿でふるえながら窓ガラスにかじりつくだろう。それからぼくたちは、子どもたちの夢の中を夜どおしねり歩きつづける。遅い朝、小窓から青空がのぞくころに目をさました子どもたちは、着がえもそこそこにバルコニーにのぼって、すべての宝物を手にいれるだろう。

去年はさんざんわらったよね。今夜はどうなるかな、ぼくのラクダ、プラテーロ。

＊1　一月六日、贈り物をたずさえて東方の三博士が誕生したイエスのもとへやってきたことにちなんで、スペインでは、子どもたちはこの日にプレゼントをもらう。なお、スペイン語では「博士」ではなく、カスパール王、メルキオール王、バルタザール王として親しまれている。
＊2　三博士が靴の中にプレゼントをおいていってくれると信じられている。
＊3　南アメリカ大陸の北部にある国。

123 モンス・ウリウム（＊1）

今のモントゥリオのことさ。この低い赤い丘のつらなりは、砂をとられて日に日にみすぼらしくなっているけれど、海から見れば、ローマ人が名づけたとおり、高々と金色に輝いている。この丘を通れば、墓地をぬけるよりも早く風車小屋に出られる。丘のそこかしこに遺跡があって、ぶどう畑を掘れば、むかしの骨や硬貨やかめが出てくる。

……ぼくはコロンブス（＊2）には、あまり好感を持っていないのだよ、プラテーロ。コロンブスがむかし、ぼくの家によったとしても、サンタ・クララ修道院で聖体拝領（＊3）をしたとしても、このヤシの木や宿屋がその当時からあったとしてもね。ここからそう遠くない場所からコロンブスがアメリカに出航して、二つのおみやげ（＊4）を持ち帰ったのは、きみも知っているだろう。深い根っこのようにこの下にいるのを感じてうれしいのはローマ人だ。ローマ人がつくった城の土台は、どんなつるはしでもくずせない。あそこには、コウノトリの形の風見も立てることができなかったのだよ、プラテーロ……。

まだ子どものころに、モンス・ウリウムという名前を知った日のことは一生忘れないだろう。モントゥリオがいきなり、永遠に気高いものとなった。すぐれたものにあこがれていたぼくは、このさびしい村で思いがけない喜びを発見した。もう、だれをうらやむことがあるだろう。古代のどんな遺跡や城や神殿も、もはやその幻想の落日にぼくの思考を長くひきとめることはないだろう。ふいにぼくは自分が不滅の宝の上にいると気づいたのだ。モゲールは黄金の山なのだよ、プラテーロ。きみは満ちたりて生き、死んでいける。

＊1　ラテン語で「金の山」の意味。

＊2　一四九二年にアメリカを発見した探検家。出航する前にモゲールのサンタ・クララ修道院で旅の無事を祈ったといういい伝えがある。

＊3　カトリックの信者がミサで聖体を受けること。

＊4　「二つのおみやげ」とは、タバコと梅毒という病気のこと。

124 ワイン

　プラテーロ、モゲールの魂はパンだと、前にぼくはいったよね。いいや。モゲールは、厚手のすきとおったガラスのコップだ。まっ青な空のもとで一年じゅう、黄金のワインを待ちうけているコップ。悪魔がじゃまをしないかぎり、九月になれば、このコップのふちまでなみなみとワインが満たされ、おおらかな心よろしく、たいていはきまえよくあふれだす。

　その時期は村じゅう、おしみなくワインの香りがし、ガラスの音がする。この白い村の透明な器にとじこめられて村の善良な血を喜ばせようと、太陽がわずかの駄賃で美しい液体の中に溶けこんだかのようだ。西日がさすと、どの通りのどの家も、ファニート・ミゲルの店やレアリスタの店の棚に並んだびんのようになる。

　ターナー（＊1）の『インドレンス城の噴水』という絵をぼくは思い出す。ワインの新酒で描かれたような、レモンイエローの色あいの絵だ。なるほど、モゲールはワインのわきだす泉だ。血のように、あらゆる傷からとめどなくワインがあふれだす。毎年春になるとのぼるが毎日沈む、四月の太陽にも似た、悲しい喜びの泉だ。

＊1　一七七五〜一八五一。イギリスの画家。風景画で知られる。

125
寓話

子どものころからね、プラテーロ、ぼくは教訓を教えるための物語に本能的に恐怖を抱いてきた。教会や治安警察や闘牛士やアコーディオンに対して感じるのと同じような恐怖心をね。作者の手によって、ばかげたことを語らせられるあわれな動物は、自然史教室のいやなにおいがするガラス容器の沈黙と同じような嫌悪をもよおさせた。動物がいう一言一言は、要するに、かぜをひいて鼻声で話す、顔色の悪い紳士の言葉で、それはぼくにとって、はくせいの動物のガラスの目玉や、針金でささえられた翼や、にせものの支柱同然だった。そして、ウエルバやセビーリャのサーカスで芸をしこまれた動物を見たとき、昔の学校のノートや賞状と同じように、きれいに忘れていたはずの寓話が、若いころの不快な悪夢みたいによみがえってきた。

だけどね、プラテーロ、ぼくはラ・フォンテーヌ（*1）のおかげで、おしゃべりをする動物たちと仲直りができたんだ。ぼくがラ・フォンテーヌの物語のことを話したり引用したりするのを、きみは何度も聞いたことがあるよね。この作家の文章では、カラスやハトやヤギがほんとうに話しだしたかのように思われた。ひからびたしっぽか、灰か、抜けた羽のような最後の教訓は、けっして読まなかったけれどね。

だってそうだろう、プラテーロ、きみは、ちまたでいわれるような意味でのロバではないし、スペインのアカデミアの辞書の定義にもあてはまらない（＊2）。きみは、ぼくが知り、ぼくが理解しているとおりのロバだ。きみは、自分の言葉を持っていて、それはぼくの言葉とはちがう。ぼくとバラの言葉がちがい、バラとナイチンゲールの言葉がちがうのと同じだ。だから、安心しておいで。もうわかっているだろうけれど、ぼくは自分の本のなかできみのことを、くだらない寓話に出てくるおしゃべりな英雄などにしたてやしないから。きみの美しい言葉と、キツネやゴシキヒワのおしゃべりをごちゃまぜにして、意味のない冷たい教訓の部分をイタリックの書体（＊3）で目立たせることもないよ。そんなことするもんか、プラテーロ……。

＊1　一六二一～一六九五。フランスの詩人。『ラ・フォンテーヌの童話』で知られる。
＊2　アカデミアは、スペイン語に関する学術会議。アカデミアの辞書のロバの項には「粗野で教養がない人」という定義がある。
＊3　ななめに傾いた欧文の書体。

126 謝肉祭

今日はかっこいいな、プラテーロ！ 謝肉祭（＊1）の月曜日、はでやかに闘牛士やピエロや魔法使いの仮装をした子どもたちが、赤やみどりや白や黄色のアラベスクもよう（＊2）がごてごてと刺繍してある、アラビア風の飾り布をプラテーロにかけてやった。

雨、太陽、寒さ。肌を切るような午後の風に、歩道に散った色とりどりの紙ふぶきが飛ばされていく。仮面をつけた人びとはふるえあがり、かじかんだ青い手をどこかにつっこんであたためようとする。

ぼくたちが広場に着くと、頭のおかしい者の仮装をした女たちがプラテーロをとりかこんだ。長い白い服を着て、ほどいた長い黒髪にみどりの草のかんむりをのせた女たちは、手をつないで輪になって騒ぎたてながらプラテーロをかこみ、ぐるぐるにぎやかにまわりをまわった。

プラテーロは、どうしたらいいかわからず、ぴんと耳を立て、首をもたげ、火にかこまれたサソリのようにそわそわして、どこからでもいいから逃げだそうとしている。けれどもプラテーロは小さいので、女たちはだれひとりこわがらず、歌い、笑い、ぐるぐるまわりつづける。プラテーロがつかまってしまったのを見た子どもたちは、ロバの鳴きまねをして、プラテーロをよぼうとする。広場じゅうが、らっぱやロバの声や笑いや歌声、タンバリンや鐘の音の大合奏だ……。

とうとうプラテーロは、一人前のおとなのように意を決して、女たちの輪をやぶってぼくのところにやってきた。とことこと小走りで泣きながら、せっかくの豪華な飾り布を地面に落として。プラテーロはぼくと同じで、謝肉祭なんかちっともすきじゃない……。ぼくたちはどちらもこういうことは苦手なんだ……。

＊1　カトリックで、二月か三月、復活祭前の四旬節に先だって行われる祝祭。スペインでは仮装をする伝統がある。

＊2　植物をあしらったアラビア風の図案。

127 レオン

二月の暖かな午後、人影のない明るい修道女広場のベンチをあいだにはさんで、プラテーロとゆっくり歩く。早い日暮れに、病院の上の空では、金色とうすむらさきがとけあっている。ふいに、ぼくたちのほかにも、だれか人のいる気配を感じる。ふりむくと、ぼくの目は〈ドン・ファアン〉（＊1）という言葉とぶつかる……。そして、レオンがパンと一回、手を叩く。

そう、レオンだ。音楽の夕べに出かけようと、めかしこんで香水をふりかけている。チェックのジャケットに、白い靴ひもをかけた黒いエナメルの靴、みどりの絹のスカーフを首にかけ、ぴかぴかのシンバルを小脇にかかえている。パンと一回手を叩き、神様は人それぞれに能力を与えてくださるとぼくに告げる。ぼくは新聞に文章を書き、耳のいい彼は、このとおり……。「シンバルでさ、ドン・ファアンのだんな。むつかしいよ。何しろ楽譜なしさ……」村の楽団の指揮者モデストにいやがらせをしようと思えば、耳のいいレオンは、楽団が演奏する前に新曲を口笛で吹いてみせる。「ほらね、だんな、みんなそれぞれ得手不得手があるんでさ……。だんなは新聞に書いて、あっしはプラテーロより力持ちだ……。ここをさわってみな」

そういってぼくに、毛がうすくなった頭のてっぺんをつきだしてみせる。カスティーリャの台地のように平べったく、ひからびたメロンのようにかたい頭頂にある大きなたこは、彼のきつい労働のまぎれもないあかしだ。

レオンは、パンと一回手を叩き、小さくジャンプして、その夜の新曲だろうか、パソドブレ(*2)か何かを口笛で吹きながら、吹き出物のあとのある目でウィンクして去っていく。かと思うと、ふいにもどってきて、ぼくに名刺をわたす。

モゲール村
ベテラン荷運び
レオン

*1　スペインの伝説上の色男。
*2　スペインの音楽の種類。ダンスのためにもよく演奏される。

128 風車小屋

プラテーロ、あのころ、この池はどれほど大きく、赤土の土手はどれほど高く見えたことだろう！　きむずかしい松の木が水にうつっていたのはここだったよね？　あの美しい情景(じょうけい)は、そのあとずっとぼくの夢(ゆめ)を満たしていた。うっとりとする太陽の調べにのせて、これまでででもっとも明るい風景を見たのは、この土手のバルコニーからだよね？

そう、ヒターノの女の人たちがいるよ。さらわれやしないかと、牛たちがまたおびえている。いつものように、孤独(こどく)な男もいる――同じ人物か、別人か。通りかかると、わけのわからない言葉をかけてくるよっぱらいのカイン（＊1）が、だれか来ないかと、ひとつしかない目で道を見つめている……が、そのうちあきらめる……。そこには、うちすてられたものがあり、エレジーがある。しかし、うちすてられたものは新しいが、エレジーは朽(く)ちかけている。

この風景を再(ふたた)びここで見る前にね、プラテーロ、子どものぼくがこよなく愛したこの風景をぼくは、クールベ（＊2）やベックリーンの絵の中で見た気がするよ。秋の夕日に赤くそまり、砂地にほられた水晶の池にうつって、輝きが二倍になった松林を絵にしたいと、ぼくはつねづね願ってきた……。だが、幼い日の魔法の陽ざしのなかにあっても、そこには、炎の横におかれた薄紙のようにいつなくなるとも知れない、カキネガラシに飾られたはかない記憶しかない。

＊1　聖書の登場人物。嫉妬のため、弟アベルを殺した。
＊2　一八一九〜一八七七。フランスの画家。風景画で有名。

129
塔

いいや、きみは塔にはのぼれないよ、大きすぎるからね。セビーリャのヒラルダの塔（＊1）だったらよかったのにな！

きみがのぼれたらなあ。時計のあるバルコニーからは、村じゅうの白い屋上やパティオの色とりどりのガラス天井、藍色に塗られた鉢うえの花が見わたせるよ。南のバルコニーには、大鐘を運びあげたときにくずれた部分があるけれど、あそこからは、城山地区の庭や、ディエスモのワイン醸造所が見え、満ち潮のときには海が見える。さらに上の鐘楼までのぼると、四つの村と、セビーリャ行きの列車とリオティントからくる列車、岩山の聖母まで見える。そのあとは、鉄の棒をよじのぼらないといけない。そうすると、落雷でかけてしまった聖母フアナ（＊2）の足をさわれるだろう。もしきみが、陽ざしが金色にくだける、白と青のタイルばりの小鐘楼からぬっと顔をのぞかせたなら、教会の広場で闘牛ごっこをして遊んでいる子どもたちがびっくりして、わっと歓声をあげるだろうにな。

かわいそうなプラテーロ、なんて多くの栄冠をきみはあきらめなければならないのか。

きみのくらしは、古い墓地(ぼち)への近道みたいに素朴(そぼく)だね。

＊1　二十二章にも出てきたヒラルダの塔(とう)は、階段(かいだん)ではなくスロープで塔(とう)をのぼれる。
＊2　モゲールの教会の塔(とう)のてっぺんにある聖母(せいぼ)ファナの像(ぞう)のこと。

130 砂売りのロバたち

見てごらん、プラテーロ、砂売りのケマードのロバたちだ。のろのろとくたびれきって、肌にちくちくするぬれた赤い砂を運んでいるよ。砂には、心臓をつらぬくように、青い野生のオリーブの枝がつきさしてある。ケマードはあれで、ロバたちをたたくんだ……。

131 マドリガル（＊1）

ごらん、プラテーロ。やさしい光を集めた波のように軽やかな白い蝶が、サーカスの舞台をかける馬のように、ひらひらと庭を三周まわってから、また塀をこえていったよ。塀のむこう側の野バラのところにいるのだろう、塀ごしに見えるようだ。ごらん、またこちらにやってきたよ。ほんとうは二匹だ。白い蝶と、その影の蝶が一匹。

かくそうにもかくしようのない、きわめつけの美しさだね、プラテーロ。きみの顔では目がいちばん魅力的なように、夜は星がいちばんで、朝の花壇ではバラと蝶がいちばんだ。

プラテーロ、ほら、なんてじょうずに飛ぶのだろう！　飛ぶのが楽しくてしかたないのだね。ほんものの詩人であるぼくにとって、詩が喜びを与えてくれるのと同じだ。あの飛翔には、蝶の体から魂まで、すべてがこめられている。庭というこの世界で、飛ぶことしか頭にないかのように。

静かに、プラテーロ……。この蝶を見てごらん。こんなふうにただただ無心に飛ぶ姿はすばらしいね。

＊1　短い詩の形式のひとつ。

132
死

プラテーロが、生気のない悲しい目をして、わらの寝床に横たわっていた。ぼくはそばにより、話しかけながらなでて立たせようとした……。

かわいそうに、プラテーロはすぐにぐらぐらして、片方の前脚を折りまげた……。だめだ……。そこで、ぼくは前脚をまっすぐ床にのばしてやり、もう一度やさしくなでて、医者をよんだ。

老医師のダルボンはひとめ見るなり、歯のない口をプラテーロの首にしずめて、プラテーロの熱っぽい頭を胸にだきかかえ、ふりこのようにゆらした。

「いけませんか?」

なんとこたえたのだったか……。かわいそうだが、もうだめだ……、何もできない……、痛みは……、何か悪いものを……、草についた泥か……。

正午すぎ、プラテーロは死んでいた。綿のようだったおなかが地球儀のようにふくらみ、硬直してつやのなくなった脚を天にむけて。指をとおすと少しちぢれた毛が、古くなった人形の虫に食われた麻の髪のように、ほこりまみれの悲しみの中にはらはらと落ちた……。

小窓から日がさしこむたびに明るくなる静まりかえった馬小屋で、三色の羽をした美しい蝶が一匹、ひらひらと舞っていた……。

133 ノスタルジー

プラテーロ、きみはぼくたちを見ているよね。

ほんとうに見ているだろう？　畑の水車の冷たくすんだ水がのどかに笑うのを。まだ丘を照らしている日ざしに、みどりとうすむらさき、ピンクと金色に映えるローズマリーのまわりで、午後の最後の光のなか、ミツバチがせっせと飛びまわるさまを。

プラテーロ、きみはぼくたちを見ているよね。

ほんとうに見ているだろう？　洗濯に行く女たちがつれている小さなロバが、古い泉へとつづく赤い坂道をのぼっていくのを。空と大地を輝く一枚のガラスでむすぶ、はてしない清らかさのなか、ロバたちはくたびれきって、かなしげに脚をひきずっているよ。

プラテーロ、きみはぼくたちを見ているよね。

ほんとうに見ているだろう？　岩バラのしげみをたわむれながらかけぬける子どもたちを。赤いしずくを花びらにのせた白い蝶のようなはかない花が、そこここの枝にふわりととまっているよ。

プラテーロ、きみはぼくたちを見ているよね。

プラテーロ、ほんとうに見ているかい？　そう、ぼくを見ているよね。そしてぼくは、確かに聞いた気がするよ。そうとも、晴れわたった夕空のもと、きみのものがなしい声が谷間のぶどう畑に甘くひびきわたるのを。

134 木製の台

ぼくは、かわいそうなプラテーロの鞍やくつわや革ひもなどを木製の台にのせて、全部、納屋に持っていった。赤んぼうのゆりかごが、忘れられたまま押しこめられているすみに。広く、静かで、日当たりのよい納屋からは、モゲールの野が一望できる。左手に、赤い風車小屋。正面には、松林にかくれて、白い小教会が立つモンテマジョール。教会のむこうには、ひっそりたたずむ松かさ農園。西には、夏の満潮時に高くきらきらと輝く海。

夏休みになると、子どもたちが納屋に遊びにくるだろう。そこらじゅうにあるこわれた鞍の革ひもで馬車をつくり、黄土色に塗った新聞紙で劇場をつくる。それに、教会、学校を……。

ときには、命のない木製の台にまたがって、やいやいと手足でけしかけ、まぼろしの牧場を走るだろう。

「走れ、プラテーロ！　そら行け、プラテーロ！」と。

135 メランコリー

今日の午後、子どもたちといっしょにプラテーロの墓をたずねた。墓は、松かさ農園の松の木の根もとにある。すべてを見守るように立つ、こんもりとした松の木のまわりでは、四月になると美しい黄色いリリオの花がしっとりしめった大地を飾る。

てっぺんを青く彩られたみどりの丸天井で、マヒワたちが歌っている。笑いさざめく小さなさえずりが、新しい愛の明るい夢のように、あたたかな午後の金の空気にとけていく。

だんだんと集まってきた子どもたちは、声をひそめる。静かで真剣な輝くまなざしに見つめられ、ぼくは切実な問いでいっぱいになる。

「プラテーロ！」ぼくは地面にむかって問いかける。「ぼくが思っているとおり、きみが今、天の牧場にいて、もしゃもしゃのその背中に若い天使たちをのせているなら、もしかして、もうぼくのことを忘れてしまったかもしれないね。プラテーロ、ぼくのことをまだおぼえているかい？　こたえておくれ」

ぼくの問いにこたえるかのように、それまで姿の見えなかった白い蝶が一匹、リリオの花から花へとひらひらひらひら、魂のようにいつまでも飛んでいた……。

136 モゲールの空にいるプラテーロへ

早足でかけてくる、いとしいプラテーロ、ぼくの小さなロバよ。きみは幾度もぼくの心を――そう、ぼくの心だけを――、サボテンとアオイとスイカズラの咲く、あの低い道に運んでくれたね。きみのことを語った、この本をきみに贈ろう。今ではもう理解できるだろうからね。

この本は、天国で草を食むきみの魂のもとに、やはり空にのぼっていったであろう、モゲールの景色の魂が届けてくれるだろう。本の背にぼくの魂をのせて。花ざかりの野イバラのしげみをぬってのぼっていくぼくの魂は、日ごとにますます善良でおだやかになり、ますますすみきっていくよ。

そう、ぼくは知っているよ。夕暮れどき、コウライウグイスの声とオレンジの花の香に包まれた人けのないオレンジ畑の道をのぼって、ゆっくりと物思いにふけりながらきみの眠る松の木のところにいったなら、永遠のバラが咲きみだれる牧場で幸せにすごしているプラテーロ、幸福なきみがぼくを見てくれているだろうとね。土にかえったきみの心臓から芽ぶいた黄色いリリオの花の前で、立ち止まるぼくを。

137 厚紙のプラテーロ

プラテーロ、きみの思い出を綴ったこの本の一部（＊1）が、一年前、この世で出版されたときにね、きみとぼくの友だちが、厚紙でつくったこのプラテーロをぼくに贈ってくれたんだ。そこから見えるかい？　ほら、半分灰色、半分白で、口は黒と赤。目はまっ黒で、とても大きい。陶器の荷鞍に植木鉢を六つのせていて、ピンクや白や黄色の造花が飾ってある。頭が動いて、四つの素朴な滑車がついた藍色に塗られた板にのって動く。

プラテーロ、きみのことを思い出して、ぼくはこのおもちゃのロバがだんだんといとおしくなってきたよ。この書斎に来るとだれもがにっこりして、「プラテーロ」と声をかけるんだ。きみを知らない人は、これはなんだとたずねるので、プラテーロだとぼくは告げる。そうやって口にするたびに、その名前が心になじんできて、今はひとりぼっちなのにこの人形がきみに思えて、見てはいとおしんでいるよ。

きみはどう思う？　人の記憶はいいかげんなものだな！　この厚紙のプラテーロが、今はきみ以上にきみらしく思えるよ、プラテーロ……。

一九一五年　マドリード

＊1　一九一四年に刊行（かんこう）された『プラテーロとぼく』の最初の本のこと。

138　ふるさとの大地に眠るプラテーロへ

プラテーロ、少しのあいだ、死んだきみとすごしにきたよ。ぼくは生きてこなかった。何も起こらなかった。きみは生きていて、ぼくとともにいる……。ぼくはひとりできた。男の子も女の子も、子どもたちはみんなおとなになった。ぼくたち三人（＊1）――だれのことか、もうきみはわかるだろう――は破滅し、廃墟に立っている。けれども、もっともゆたかなものを手にいれた。心のゆたかさだ。

ぼくの心！　心があれば、ぼくはそれで十分だ。あの二人もそう思ってくれるならよいのだが。どうか二人が、ぼくと同様に考えてくれますように。いや、それより考えないほうがいい……。そしたら、ぼくのおかした悪事、ぼくの冷笑、ぼくの無礼な言動の悲しさが記憶から消えてくれるだろうから。

きみに話すと心がはればれするよ。こういうことはきみにしか話せない……。ぼくは行いを改めよう。現在が人生のすべてとなって、それが二人の思い出となるように。おだやかな未来が、一輪のすみれほどの過去、日かげにひっそりと咲くすみれ色の、ほのかに香る過去を二人に残してくれるように。
プラテーロ、きみはひとりぼっちで過去のなかにいる。けれども、それがなんだろう。きみは永遠を生きているのだから。きみも、そして、ここにいるぼくも、夜が明けるたびに、とこしえの神の心臓のようにまっ赤な太陽を手にしているのだから。

一九一六年　モゲール

＊1　だれをさすか不明だが、親族のことと思われる。この文は、一九〇〇年にヒメネスの父が死んでから、家業が傾いたことをさしていると解釈されている。

訳者あとがき

この本は、スペインの詩人ファン・ラモン・ヒメネス（１８８１―１９５８）が１９１７年に発表した『プラテーロとぼく』Platero y yo の全訳です。スペイン南部の小さな村モゲールで暮らす語り手の「ぼく」が、灰毛の小さなロバ、プラテーロと共に過ごした一年を綴った、一三八章からなる散文詩です。

『プラテーロとぼく』の原作は、今から百年以上前の１９１４年に、マドリードのラ・レクトゥーラ社から刊行されました。ただし、これは現在読まれているものとは違い、ヒメネスが書いた一三六編のうち、編集者が子どもの読者向けに六四編だけを選んだ部分的なものでした。その後、最後の二章が書き加えられ、１９１７年にマドリードのビブリオテカ・カリェハ社から一三八編からなる完全版が刊行され、現在に至ります。「子どものため」に書かれたわけではありませんが、当初から「子ども向け」に刊行された本でした。

調べたところ、この作品を日本で最初に紹介したのは、１９６０年刊行の『少年少女世界文学全集　南欧・東欧編（１）』（講談社）でした。永田寛定による四十四章の抄訳が収録されました。次は１９６５年、伊藤武好／百合子訳の『プラテーロとわたし』（理論社）です。これは長新太の挿絵とともに、版を変えながら今も読みつがれていますが、二章欠け、原書と章の順序が異なる箇所があります。そして１９７１年に、『ノーベル賞文学全集』（主婦の友社）の十八巻として長南実による全訳が出ました。これは、のちに改稿を重ねて、１９７５年に岩波少年文庫版、２００１年に岩波文庫版で刊行されました。

このほかにも挿絵入りのものや、音楽とともに楽しめるものなど、抄訳を入れると多数の翻訳版が存在しますが、全訳としては、本書は日本で二番目、長南実の最初の訳出から数えると五十年ぶり、改訂版から数えても二十年ぶりの新訳となります。

スペインには残念ながら、世界じゅうで読みつがれている、国を代表するような児童文学作品が存在しないのですが、『プラテーロとぼく』は、児童書の形で日本でも多くの読者に愛されてきた作品といえるでしょう。

なお、日本語版のタイトルは、原題の Platero y yo の一人称単数の代名詞 yo を「わたし」としている本が多いのですが、この散文詩を手がけたころの若く繊細な詩人ヒメネスの姿を語り手と重ね合わせて、この本では「ぼく」としました。

著者のフアン・ラモン・ヒメネスはモゲールで、１８８１年に生まれました。ブドウ畑とワインの醸造所を持つ裕福な家庭の四人兄弟の末っ子で、地元の小学校に通ったあとは、プエルト・デ・サンタ・マリアという、モゲールから八十キロほど南東にある町の寄宿学校に入りました。

その後、アンダルシアの州都にあるセビーリャ大学で法学を学びますが、１８９６年にヒメネスは、地方紙に初めて詩を投稿します。その詩はすぐに掲載され、ヒメネスはその後熱心に、詩を読んだり書いたりするようになります。絵を描くことに夢中になった時期もありましたが、やがて詩人を志し、1900年4月には先輩詩人の誘いや家族のはげましを得て、マドリードに出ました。

マドリードでは、バリェ＝インクランや、モデルニスモという潮流の中心となっていたニカラグアのルベン・ダリーオなど、当時の名だたる詩人たちとの交流があり、夜通し議論を戦わせるなどして詩作にふけります。けれども、父の死によるショックや疲れから心を病み、フランスでの療養を経て、1905年にふるさとのモゲールに戻りました。

『プラテーロとぼく』の大部分は、そうやってヒメネスがモゲールに帰郷して静養し、再びマドリードに戻るまでのあいだ、二十代後半に書かれました。

1911年にマドリードに戻ったヒメネスは、1913年には生涯連れそうことになるセノビア・カンプルビと出会い、詩壇の中心になって活躍するようになります。セノビアは、スペイン人とプエルトリコ人の両親を持つ女性で、インドの詩人タゴールの詩を初めてスペイン語に翻訳したことでも知られています。しかし、1936年にスペイン内戦が勃発すると、直後に妻とともにアメリカに逃れ、その後プエルトリコに移ります。そして、二度とスペインに戻ることのないまま、1958年に七十六歳で死去しました。

1956年には、長年にわたる詩の業績を評価されてノーベル文学賞を授与されましたが、ヒメネスの作品の中でも最も長く世界中で読みつがれてきたのが、この『プラテーロとぼく』なのは間違いありません。

この『プラテーロとぼく』に不可欠なものは何かというと、いうまでもなく、ロバのプラテーロと舞台のモゲールです。

プエルトリコ大学に収蔵されているヒメネスの未発表の原稿「新版へのプロローグ」に、次のような文章があります。

「私の〈プラテーロ〉は一頭のロバではなく、何頭かの灰毛のロバを合わせたものだ。十代のころから青年期まで、私は何頭かのロバを飼っていて、それらはみな灰毛だった」

つまり、実際にプラテーロという特定のロバがいたわけではないのです。

舞台となったモゲールは、南ヨーロッパに位置するスペインの中でも、特に暑い南部のアンダルシア州の南西部にあります。

１９０５年にマドリードから帰ったヒメネスは、マドリードで触れた新しい詩の潮流や思想や知識とともに、改めて故郷モゲールを見ます。そこにあったのは、まさにこの本の副題である「アンダルシアのエレジー（哀歌）」と言うべき日常だったのでしょう。

スペインというと、観光用のパンフレットなどでは、情熱の国とか陽気な人びとといった言葉をよく見かけますが、ヒメネスが描くモゲールはどうでしょう。壮大な美しい自然にめぐまれ、無邪気な子どもたちや素朴な人びとがいるものの、その一方で貧しさや病いをかかえた人びと、権力の座にのさばる暴力的で高慢な人びともいて、生きることは過酷で、すぐそこに「死」が待ち受けています。この本の語り手の「ぼく」は、お祭り騒ぎを嫌い、松の木の下で静かに本を読んだり物思いにふけったりするのを好みます。そこには、「情熱的で陽気」というだけではないスペインがあります。

そして、この作品で最も注目すべき点は、語り手がプラテーロに語りかける形ですべてが描かれていることです。

「ロバ」を表すスペイン語 burro や asno は「のろま」「まぬけ」のたとえにも使われますが、55章「アスノグラフィア」にあるように、ヒメネスはそういう見方に異議をとなえ、プラテーロを鋭敏で純粋で賢い生き物、自分の分身のように描きます。

モゲールの現実が説明的に描かれるのではなく、プラテーロに語りかける形の詩的な短い文章で多面的に綴られ、それがプラテーロの死でしめくくられる、春夏秋冬という一年の季節のめぐりで配列されています。『プラテーロとぼく』が、百年たった今も世界の読者の心に届く普遍的な作品になっているのは、まさにこの仕掛けゆえでしょう。

今回紙版の刊行にあたって、再び何度も読み返しましたが、プラテーロはただのかわいいロバではないし、『プラテーロとぼく』はロバとの交流を描いた作品ではないことを改めて認識しました。だからこそ、できるならば抄訳ではなく、全訳を読んでいただきたい作品なのです。

二十年近く前に、モゲールを訪れる機会がありました。夏が暑いアンダルシアの村は、日差しを反射して室内がひんやりするように、家の壁が真っ白く塗られています。モゲールも、そんな村でした。

ヒメネスが住んでいた家は、今は記念館になっています。門を入ると、建物に囲まれるようにしてパティオと呼ばれる中庭があり、そこに井戸があります。ヒメネスの書斎はそのまま残され、さまざまな言葉に訳された『プラテーロとぼく』が展示されています。書棚に整然と並んでいる雑誌類は、ヒメネス自身が整理したままだと言われて、その几帳面さに驚いたのを覚えています。アソテアと呼ばれる屋上にはのぼらせてもらえませんでしたが、のぼると海が見えるそうです。

あちこちに『プラテーロとぼく』の一節と絵が描かれた陶製の案内板がかかっている以外、とりたてて観光化されているわけではないモゲールは、通りすがりの者の目には静かで穏やかで美しい村に見え、アンダルシアのエレジーは、今はむかしの感がありました。

『プラテーロとぼく』は、散文詩といわれています。文学史で見ると、「散文詩」は、十九世紀半ばにフランスの詩人ボードレール『悪の華』や『パリの憂鬱』あたりから発展しました。マドリードや療養先のフランスで、スペインのモデルニスモやフランスの象徴主義などと出会い、自分にとってのモデルニスモは内面の自由だと語っているヒメネスはこの作品で、形式にしばられない散文による詩的な新しい表現を追求したのかもしれません。

『プラテーロとぼく』の中には、直喩やメタファーや擬人法が随所に使われ、誇張や、時間や空間を超えた空想、そして語順の自由さなどが見てとれます。

特徴的な表現をいくつか見てみましょう。

5章「ふるえ」の冒頭の文「月がぼくたちについてくる。」には、擬人法が使われています。

その少し先には、「あたりを満たすオレンジの香り……、湿り気と静寂……、魔女の小道……。」

という、五感を感じさせる名詞が並びます。

さらにその後には、「プラテーロがかけだして小川に入り、月をこなごなに踏みくだく。たくさんのすきとおったガラスのバラが、プラテーロの脚にまとわりついてひきとめようとする……。」という文章があります。プラテーロが小川に入って水がゆれ、水に映った月がくずれてしまったことを、このように表現したのです。

34章の「恋人」は「すみきった潮風が赤い坂をのぼり、丘の上の野原で小さな白い野の花とたわむれて笑う。それから、のびほうだいの松の枝にからまり、水色やバラ色や金色に輝く蜘蛛の巣を、うすいベールのようにふくらませてゆらす……。午後全体が潮風だ。」というふうに始まります。この数行に「赤」「白」「水色」「バラ色」「金色」と、五つの色が出てくるように、鮮やかな色の表現もこの作品の特徴です。また、「午後全体が潮風だ」という表現は、論理的に説明するのは難しいですが、心に残ります。このような感覚的で美しい表現は、あげればきりがありません。

物語、特に児童文学の翻訳では、すぐにはわかりづらそうな表現が出てくると、訳者が解釈や説明を加えて「わかりやすく」することが求められることがありますが、この本の場合私は、ヒメネスの言葉ができるだけそのまま伝わるよう努め、説明的な解釈を加えることは極力避けました。それこそが、ヒメネスの散文詩の魅力だと思ったからです。

また、キリスト教やギリシャ・ラテン文学を下敷きにした表現や、さまざまな時代の詩の引用や、画家の作品名等も作中にしばしばあります。おとなの読者でも難しく感じておかしくない箇所ですが、ヒメネスの精神世界を知るヒントとして、あとから思い出して気になれば調べていただけたらと思います。

なお、今では不適切とされる表現については、できる限り考慮して翻訳しました。ただ、いいかえることで、この作品世界の手触りが失われてしまうようで迷ったところもあります。たびたび登場する「ヒターノ」（スペイン語で「ジプシー」、ロマ民族のこと）については、スペイン南部はヒターノと縁が深く、長所短所を含めて共存していることをかんがみて、「ヒターノ」といういい方を残しました。

翻訳にあたっては、Michael P. Predmore 編のカテドラ社版（1980）を底本としました。その他の版も適宜参照し、大学時代に教えを受けた長南実氏の『プラテーロとわたし』（岩波文庫）の注釈も参考にしました。また、訳者のしつこい質問に根気よくこたえてくださった、セビーリャ出身の児童文学者エリアセル・カンシーノ氏に、この場を借りて深く御礼申しあげます。

スペインの不朽の名作『プラテーロとぼく』を、読者のみなさまに改めて楽しんでいただけますよう心より願っています。

2024年9月
宇野和美

作 **フアン・ラモン・ヒメネス** Juan Ramón Jiménez

1881年、スペイン南部のアンダルシア州、ウエルバ郡モゲールで生まれた、二十世紀スペインを代表する詩人。同時代のスペイン語圏の詩人と交流して影響を与えあい、多数の詩集を書いたが、スペイン内戦が勃発した1936年、アメリカ合衆国に逃れ、後にプエルトリコに定住した。故郷モゲールを舞台にした本書『プラテーロとぼく』は、多数の言語に翻訳され、世界じゅうの人びとに愛読されている。1956年、ノーベル文学賞を受賞。1958年、プエルトリコで死去。

訳 **宇野和美** うの・かずみ

東京外国語大学スペイン語学科卒業後、出版社勤務を経て、1995年に翻訳家デビュー。スペインや中南米の絵本、児童文学、文学作品の紹介や普及に努めてきた。『太陽と月の大地』（福音館書店）「あしたのための本」シリーズ（あかね書房）、『赤い魚の夫婦』（現代書館）等、七十点以上の訳書がある。

絵 **早川世詩男** はやかわ・よしお

イラストレーター。装画・挿画の仕事に、『ゆかいな床井くん』（講談社）、『昔はおれと同い年だった田中さんとの友情』（小峰書店）、『ぼくはおじいちゃんと戦争した』（あすなろ書房）、『ぼくの弱虫をなおすには』（徳間書店）、『ぼくのちぃぱっぱ』（ゴブリン書房）などがある。

本文について

本書は、『小学館世界J文学館』（二〇二二年十一月刊）に収録されている、電子書籍『プラテーロとぼく』を再編集したものです。

『プラテーロとぼく』は、二十世紀初頭のスペインで刊行されました。そのような時代背景から、本書には障害者や他民族に対する差別や偏見を含むと考えられる語句や、現代では許容されるべきではない表現が使われています。けれども、著者が故人であり変更できないこと、著者の意図は差別や偏見を是認することではないこと、そして作品が提示する今なお解決されない問題が隠蔽されるべきではないことから、配慮をしつつ翻訳し、そのまま掲載しています。差別や偏見の助長、容認を意図するものではないことをご理解ください。

編集部

小学館世界J文学館セレクション
プラテーロとぼく

2024年11月11日　初版第1刷発行

作／フアン・ラモン・ヒメネス
訳／宇野和美
絵／早川世詩男

発行人／野村敦司
発行所／株式会社 小学館
〒101-8001 東京都千代田区一ツ橋 2-3-1
編集 03-3230-5628　販売 03-5281-3555
印刷所／萩原印刷株式会社
製本所／株式会社若林製本工場

Japanese Text ©Kazumi Uno 2024 ISBN 978-4-09-290679-2

●造本には十分注意しておりますが、印刷、製本など製造上の不備がございましたら「制作局コールセンター」（フリーダイヤル 0120-336-340）にご連絡ください。（電話受付は、土・日・祝休日を除く 9:30〜17:30）●本書の無断での複写（コピー）、上演、放送等の二次利用、翻案等は、著作権法上の例外を除き禁じられています。●本書の電子データ化などの無断複製は著作権法上の例外を除き禁じられています。代行業者等の第三者による本書の電子的複製も認められておりません。

装丁／城所 潤＋大谷浩介（JUN KIDOKORO DESIGN）
制作／友原健太　資材／斉藤陽子　販売／飯田彩音
宣伝／鈴木里彩　編集／津田隆彦・塚原伸郎・正谷優貴